Klaus Landahl

Der Ruf des Lebens
hört niemals auf

AF144118

Das Buch

Die Geschichten dieses Buches erschienen bei Random House/Twentysix unter dem Titel „Der Ruf des Lebens hört niemals auf" erstmals 2018. Sie sind überarbeitet und um neue Texte ergänzt worden.

Alle Geschichten umkreisen das Leben. Sie handeln von Ministern und Kindern, von Suchenden und Ratlosen. Es sind Geschichten vom Ruf des Lebens, der so stark sein kann wie ein Strom. Er öffnet Augen und lässt Stumme reden.

Alle Handlungen und Personen in den Geschichten dieses Buches sind fiktiv. Ähnlichkeiten mit lebenden oder verstorbenen Personen wären rein zufällig.

Der Autor

Klaus Landahl lebt als Vater und Großvater im Kreis Pinneberg in Schleswig-Holstein. Gearbeitet hat er in einem Sozialministerium in den Bereichen Senioren, Behinderte und Migranten. Er ist Mitglied im Verband deutscher Schriftstellerinnen und Schriftsteller (VS), in der Hamburger Autorenvereinigung und im Verein „Schriftsteller in Schleswig-Holstein".

www.klauslandahl.de

Klaus Landahl

Der Ruf des Lebens
hört niemals auf

Streifzüge

TWENTYSIX

Bibliografische Information der Deutschen Nationalbibliothek: Die Deutsche Nationalbibliothek verzeichnet diese Publikation in der Deutschen Nationalbibliografie; detaillierte bibliografische Daten sind im Internet über dnb.d-nb.de abrufbar.

TWENTYSIX – Der Self-Publishing-Verlag
Eine Kooperation zwischen der Verlagsgruppe
Random House und Books on Demand

© 2020 Landahl, Klaus / 2. [erweiterte] Auflage
© 2018 Landahl, Klaus

Grafik: AlexGreenArt/U-Design/Shutterstock.com
Herstellung und Verlag:
BoD – Books on Demand, Norderstedt

ISBN: 978-3-7407-6390-9

In den Gräben noch
Eis

Doch blau schon der
Himmel

Über den Sandwegen
Wärme

Bis zum fernen
Wald

Aus schwarzen Hecken
Vogelruf

Im Vertrauen, dass
aus jedem Tag
ein Sommer wird

Inhalt

Hoffnung
Alles nur geträumt?

Ein Käfer kroch in das Licht der Sonne. Als der Ast sich gabelte, wählte er den linken Zweig und umfasste ihn mit seinen widerhakigen Beinen. Seine roten Flügeldecken waren kantig und breit.

Er behielt ein Tier im Auge, das groß und schwer auf säulenstarken Beinen stand. Der mehrere Meter lange gepanzerte Schwanz lag platt auf dem sumpfigen, von offenen Wasserflächen bedeckten Boden.

Langsam schob sich das Tier tiefer hinein in das Grün junger Schachtelhalme. Die Sonne schien aus dem lichtdurchfluteten Himmel. In der Ferne trieben Wolkenberge ineinander, und ein Dutzend Regenbogen färbten den Horizont.

Der rote Käfer war dem Koloss seit geraumer Zeit gefolgt. Weder im Unwetter der Morgenstunden noch jetzt, in der Hitze der hochstehenden Sonne, konnte er bei ihm irgendeine Regung bemerken. Keine Verärgerung über die Regenfluten, keine Freude über das frische Grün, keine Anerkennung der Schöpfung. Nur Gleichmut und Hinnahme.

Der Käfer hingegen hatte seine Flügel gespannt und nahm die Wärme und den stillen Frieden ringsum in sich auf. Doch indem er sein Wohlbehagen genoss, begann es ihn zu verdrießen, dass weder der Koloss vor ihm noch die anderen Tiere, denen er begegnet war, sich von der Erhabenheit und Weitsicht der Schöpfung beeindrucken ließen. Nichts davon schien sie zu berühren.

Während diese Gedanken ihn plagten, bemerkte er auf dem rechten Zweig der Astgabel einen Käfer, der ihm ähnlich war, dessen Flügeldecken jedoch nicht rot, sondern grau waren, mit lila Tupfen. Der rote Käfer beobachtete ihn scharf. Der andere bemerkte es und rutschte unter den Zweig.

Der Rote seufzte. Die Erde war noch nicht vollkommen. „Ich werde ein weiteres Lebewesen schaffen müssen, aus meinem Geist, mit einer Seele, mithin ein Wesen, das sich an der Schönheit ringsum erfreuen kann", sprach er zu sich selbst, „und weil es die Schöpfung lieben wird, wird es sie pflegen und hüten." Erleichtert und mit neuer Hoffnung löste sich der Rote vom Ast und flog davon.

Der graue Käfer sah ihm spöttisch nach. „Garantiert nimmt er wieder Wasser, Sauerstoff und Chlor", kicherte er. „Was immer er damit zuwege bringt, es wird ihm misslingen."

Hinter der Zukunft leben
Monolog eines Menschen, der NEIN sagt

Er ist fünfundsiebzig. Seit neun Tagen. Er fühlt sich frisch, besonders frisch an diesem Morgen.

Der Gesundheitscheck: einfach Spitze. *Was, Sie nehmen keine Tabletten?* Nein, nicht mal für die Prostata seit letztem Monat, denn sein Beckenboden ist wieder stabil. Übungssache.

Er schwimmt jetzt eine Bahn getaucht und 30 Bahnen nach Zeit. Er tanzt, außer Salsa, aber er war nie besser als jetzt, auch beim Radfahren. Und am Steuer ist er immer noch souverän.

Neu ist, dass er gelernt hat, NEIN zu sagen, dass er ohne Fernsehen auskommt, ohne Radio, ohne Zeitung. Er frisst die Katastrophen nicht mehr in sich hinein. Er verweigert sich einfach, und sie können nichts dagegen tun. Sie haben ohnehin noch nie gefragt, ob ihm gefällt, was sie tun. Deshalb steht er jetzt über den Hypes, die die Welt wie Schattenhunde jagen.

Seiner Hausbank ist aufgefallen, dass er Geld liegen hat. Sie haben ihn eingeladen, wollen ihm zeigen, wie er noch mehr rausholen kann. *Wozu*? hat er gefragt.

Die Beraterin hat ihn angestarrt. *Aber das kann man doch mitnehmen!*

Wozu?

Sie war etwas blass geworden. Und ungeduldig. Ein Mensch, der hat und nicht noch mehr haben will, beschädigt der nicht das Fundament unserer Gesellschaft?

Er hat sich freundlich verabschiedet. Als er zur Tür geht, sieht sie noch einmal auf sein Geburtsjahr, oh, tatsächlich, so alt ist der schon. Sie ist beruhigt. Ihre Welt ist nicht aus dem Lot. Er gehört ja überhaupt nicht mehr dazu! Sein Geld wird bald frei sein. Das kommt dann von ganz allein zurück in ihre Welt.

Er hat die Tür geschlossen, der Hausbank den Rücken gekehrt. Er betritt ein Bistro.

Hier geht es nicht um das Geld, das ewig jung ist. Hier klebt dieses „jung sind wir ewig" auf allen Stühlen. Nur er sieht anders aus mit seinen Falten im Gesicht. Aber wie soll er es ändern, ohne sich zu verleugnen? Er geht doch ohnehin anders, bestellt anders, wirkt schwerer, die Augen sind klein und trübe geworden.

Er sitzt und blickt zur Tür, ohne Smartphone, bloß gegenwärtig. Als alt sofort erkannt, eingegrenzt, ausgegrenzt, abgeschnitten. Anders. Gestrandet am Ufer der dahinrauschenden Normalität, die Ziele verfolgt oder nicht. Er kann gar keine mehr haben. Denken sie und wissen es.

Er fühlt sich müde. Kann nicht jeder Schritt der letzte sein? Bei denen am Nebentisch wäre es ein Unfall oder eine Krankheit oder ein Suizid. Das grenzt nicht aus. Langes Leben grenzt aus. Es kann jeden treffen, auch die Jungen an den Tischen, die ihn anschauen: *Was macht der denn hier?*

Ihn hat das lange Leben getroffen. Gerade jetzt. Es wird ihm immer öfter bewusst. Seine Augen sind tatsächlich schwächer geworden, erwartungsgemäß, seine Ohren halten nur noch die Brille. Seit gestern nimmt er Blutverdünner. Sein Alter ist der einzige Grund gewesen. *Sie wollen doch keinen Schlaganfall bekommen, oder?*

Deshalb kriecht er in diesem Bistro in sich selbst zurück, sitzt einfach nur noch da, was auch sonst, wenn man, die Kaffeetasse in der Hand, fühlt, dass man hinter die Zukunft geraten ist.

Einer gegen alle? Geht das? Ist Zukunft nur das Leben hinter dem Augenblick?

Er jedenfalls ist schon beim Abspann. Mit handschriftlich korrigiertem Geburtsjahr, medizinisch geglätteten Falten und ohne Altersflecken an den Händen könnte das Leben immer noch passen.

Nun ja, er hat sich frisch gefühlt, besonders frisch an diesem Morgen. So wie fast jeden Tag in seinem Leben. Er darf nur nicht mehr unter Leuten sein, die sehen ihn von außen. Ihre Gedanken und Worte blasen sich ihm hinter die Stirn und tiefer bis in die Brust. Sie sind weder wahr noch unwahr, nur toxisch. Sehr toxisch.

Liegt die Weite nicht im Begrenzten, der Reichtum im Unerreichbaren, das Ja im Nein, das Leben im Alter und die Zukunft in der Vergangenheit?

Er zahlt und geht. Dieses Bistro wird er künftig meiden.

Er hatte sich frisch gefühlt an diesem Morgen. Besonders frisch sogar.

Er geht durch Straßen, einen Park, durch andere Straßen, und je länger er geht, umso weniger lässt er die Schultern hängen. Warum auch. Für wen?

Heute Abend wird er neben seiner Frau liegen. Sie werden über den Tag sprechen, er wird ihr vom Bistro erzählen, von seinem Nein, das er bei seiner Hausbank durchgehalten hat. Sie werden ein Glas Rotwein in der

Hand halten, sich sehr nahe sein und vielleicht sogar lachen.

Sein letzter Atemzug wird kommen, wenn es so weit ist. Wenn die Welt untergehen will, soll sie es doch tun. Der Himmel wird ihm bleiben.

Im Auto nach Pinneberg
Am Straßenrand

Als der Mann, von dem hier die Rede sein soll, noch ein Kind war, lebte er in Pinneberg zu einer Zeit, als es dort nur zwei Bahngleise, belanglose kleine Häuser und eine lang gezogene Straße gab. Und Baumschulen natürlich.

Die langgezogene Straße war gepflastert und sehr holprig. Deshalb konnten die wenigen Kraftwagen und Fuhrwerke nur langsam fahren, auch der spielenden Kinder wegen und der Hühner, die gackernd kreuz und quer auf der Straße liefen.

Doch das ist lange her. Der Mann ist inzwischen alt und auch recht füllig geworden. Er hat sich einen schwarzen, langgestreckten Wagen zugelegt, der besonders breit und hoch ist, damit er besser einsteigen und den Verkehr überblicken kann. Er fährt ihn in diesen Minuten auf der Autobahn A 23.

Es ist Herbst. Während er sich Pinneberg nähert, ziehen dunkle Regenwolken auf. Sie erinnern ihn an die Vogelschwärme seiner Kindertage.

Der Mann befeuchtet seine Lippen. Diese schwarzen Wolken haben das Draußen für ihn tiefer in die Vergangenheit hinein geöffnet.

Widerwillig sieht er sich in kurzen Hosen auf der Schaukel im Garten seiner Eltern, den starken Ast des alten Apfelbaums über sich und im Hochschwingen Wäsche auf der Leine, zum Greifen nahe. Er hatte es oft genug probiert, sie mit den Füßen zu fassen. Aber war da nicht noch etwas anderes? Er will es nicht wissen, und es gelingt ihm tatsächlich, sich nicht zu erinnern. „Ich sollte nicht durch Pinneberg fahren", murmelt er in den Wagen hinein. Dennoch verringert er die Geschwindigkeit, blinkt und biegt von der Autobahn ab.

Was bedeutet ihm heute noch Pinneberg? Er hat sein Leben an anderen Orten verbracht, in anderen Ländern, mit anderen Menschen.

Laut sagt er, obwohl er allein im Wagen sitzt: „Heute ist heute. Nichts ist mehr, wie es war", und dabei spürt er wieder dieses merkwürdige Gefühl, das seit Tagen in ihm ist. Wo genau, das weiß er nicht. Er spürt es nur, irgendwie, ganz allgemein, nicht präzise genug, um damit zum Arzt zu gehen.

Morgens, im Halbschlaf, wenn ihm das Aufwachen nicht gleich gelingen will, kreisen seine Gedanken. Sie lassen ihn weder weiterschlafen noch wach werden. Er ist in seinem Bett gefangen. Dann läuft es immer auf eine Frage hinaus, auf eine einzige banale Frage: Wie wird einmal sein Sterben sein?

Es geht ihm dabei nur um das Wie. Niemals um das Wann oder Warum, das bleibt einfach ungedacht. Nur das Wie drängt sich ihm auf, beschäftigt ihn, lässt ihn schweißnass um das Aufwachen kämpfen. Will er deshalb Pinneberg noch einmal sehen, nach mehr als siebzig Jahren?

Er weiß es nicht. Die Zeit ist so schnell vergangen. Tage, Monate, sogar Jahre spielen für ihn längst keine Rolle mehr. Sein Leben ist leer bis zum Horizont. Die Türen aller Häuser haben sich geschlossen. Seit er schnelle Wagen fährt, sieht er ohnehin nur noch nach vorn, aber da ist nichts mehr, nicht einmal ein Ziel, für das sich das schnelle Fahren noch ein letztes Mal lohnen könnte.

Sein schwerer schwarzer Wagen passiert das Ortsschild von Pinneberg. Plötzlich kneift der Mann die Augen zusammen, denn ganz überraschend hockt am Straßenrand gegenüber, kaum ein Dutzend Meter vor ihm, ein Junge, ein sehr kleiner Junge, die Hände auf die Knie gestützt und Kopf und Oberkörper weit vorgebeugt.

„Der soll bloß aufpassen, hier ist viel Verkehr", denkt der Mann und nimmt den Fuß vom Gas, wenn auch nur sekundenlang. Noch ein Blick in den Rückspiegel. Schon ist der Junge nicht mehr zu sehen.

Doch es lässt ihn nicht los, dass er nach so vielen Jahrzehnten unverhofft am Straßenrand einen kleinen Jungen hocken gesehen hat, der er selbst hätte sein können, damals, in der Zeit der Fuhrwerke und der Hühner auf der Straße.

Er fährt zwar zügig durch Pinneberg hindurch, aber nur bis an die Hochbrücke. Dort überkommt ihn wieder jenes merkwürdige Gefühl, das ihm Angst macht, ohne dass er weiß, warum. So kann und will er die Stadt nicht verlassen. Er wendet den Wagen und fährt zurück, den Jungen am Straßenrand suchend. Der Tacho zeigt kaum noch vierzig km/h. Der Mann lässt sich sogar überholen.

Tatsächlich, da hockt das Kind, und wenige Minuten später, der Mann ist zunächst vorbeigefahren und hat abermals gewendet, ist es immer noch dort und bewegt seine Hände dicht an der Bordsteinkante.

„Welch eine Ausdauer", denkt der Mann, bremst, blinkt, und der Wagen schiebt sich mit zwei Rädern auf den Fahrradweg. Der Mann lässt den Motor laufen. Er versenkt das Fenster und meint, im Wagen die Pinneberger Wohnstubenluft von damals zu spüren.

Wie selbstverständlich schaltet er nun den Motor aus. Er will aussteigen, über die Straße gehen, den Jungen fragen, was er dort so lange am Boden beobachtet. Dazu müsste er jedoch als Erstes die Fahrertür öffnen, was ihm nicht gelingen will, denn zu schwer bleibt sein Körper gefangen in dem wohlgeformten, vertrauten und warmen Ledersitz.

Zwei, drei, vier Wagen überholen, fahren an ihm vorbei. Ihr Beschleunigen dringt, verstärkt durch sein Hörgerät im linken Ohr, jähzornig durch die versenkte Seitenscheibe.

Der Junge hockt ihm fast gegenüber. Der Mann lehnt den Kopf aus dem Fenster und ruft: „Was machst du da?"

Ein Lkw, sehr lang und hoch, donnert vorbei. Der Junge ist aufgesprungen und zurückgewichen.

„Was machst du da?", schreit der Mann noch einmal zu ihm hinüber, den Kopf ein wenig weiter aus dem Seitenfenster gereckt.

Der kleine Junge sieht mit großen Augen zu ihm hin, wortlos, dreht sich um und läuft davon.

Wieder hat der Mann die Hand am Hebel, um die Tür seines Wagens zu öffnen, um auszusteigen und zumindest nachzusehen, was das Kind dort so lange betrachtet hat.

Doch der Sitz des Wagens ist wohlgeformt und warm und sein Körper immer noch kraftlos und schwer. Er kann die Wagentür auch diesmal nicht öffnen. Stattdessen startet er, blinkt und fährt wieder an, dankt, dass man ihn in die Kolonne sich einfädeln lässt. Das Seitenfenster gleitet nach oben. Am Ortsausgangsschild von Pinneberg beschleunigt er sofort auf hundertzehn.

„Wahrscheinlich war es ohnehin nur ein Käfer", denkt der Mann und versucht vergeblich, sich noch einmal an das Damals zu erinnern, „irgendein Käfer." Und weil wieder dieses Merkwürdige in ihm aufsteigen will, das er nicht benennen kann, lacht er etwas zu lange und schreit dann in den Wagen hinein, in dem außer ihm niemand sitzt: „Wen interessiert schon ein toter Käfer?"

Das Autoradio springt an. Der Verkehrsfunk meldet, dass der Falschfahrer die A 23 verlassen hat. Auch der Stau vor Stellingen hat sich aufgelöst. Dann singt Joan Baez, bevor das Radio nach ein paar Takten wieder verstummt:

„Sag mir, wo die Blumen sind, wo sind sie geblieben, sag mir, wo die Blumen sind, was ist geschehn …?"

Herr der Welt

Eine gewaltsame Suche, die in einer
öffentlichen Toilette endet

In dem großen Raum war es still. Die Vorhänge vor den hohen Fenstern waren zugezogen. Die Persönliche Referentin brachte Herrn Bündner den Tee. Dabei beugte sie sich zu ihm und lächelte. „Möchten Sie Milch zum Tee? Vielleicht eine Havanna?"

Herr Bündner saß auf einem einfachen Stuhl vor einem Schreibtisch, der wohl zehn Meter von der Tür entfernt war und auf dem nur ein Schreibblock lag, sonst nichts, nicht einmal Staub, wie Herr Bündner im schwach einfallenden Licht bemerkte.

Hinter dem Schreibtisch wippte ein Mann in einem schwarzen Ledersessel und schmiegte seinen Kopf an die hohe Rückenlehne. Er trug einen himmelblauen Anzug, ein längsgestreiftes Hemd und eine graubraun gemusterte Krawatte. Am Aufschlag des Jacketts schimmerte eine schmale Nadel mit einem Zeichen, welches Herr Bündner nicht erkennen konnte.

Der Mann saß vollkommen entspannt. Er hatte einen kräftigen Kopf und kurz geschnittenes graues Haar. Seine hellen Augen jedoch waren wie Nägel, und er hatte sie in Herrn Bündners Kopf geschlagen, sobald dieser sich gesetzt hatte. Nun lösten sie sich und folgten träge den Bewegungen der Referentin.

Als diese in einer abschließenden Körperdrehung die zweiflügelige gepolsterte Tür geschlossen hatte, sagte der Mann gleichmütig zu Herrn Bündner: „Kompliment.

Sie sind das erste Nichts, das mir in meinem Büro gegenübersitzt."

Herr Bündner wusste, dass er angesichts dieser Unverschämtheit rot wurde, konnte es aber nicht verhindern. Das war ihm noch nie gelungen. Als er sprach, atmete er falsch: „Wie laut müssen alle, die nichts sind, schreien, damit Sie sie hören können?"

„Ach", sagte der Mann, immer noch wippend. „So laut können sie gar nicht schreien. Sehen Sie aus dem Fenster! Wir sind dem Himmel sehr nahe, in der 236sten Etage. Nur ein einziges Stockwerk liegt über uns, und das ist für den Landeplatz und den ganzen Security-Kram. Wen oder was soll ich hier oben hören?"

Herr Bündner konzentrierte sich auf die Pistole mit dem Schalldämpfer, die er an seinem Unterschenkel trug.

„Sie sollen die Menschen hören, die Sie kaufen und verkaufen, die Sie wegwerfen, manipulieren und zerstören!"

„Sehr dramatisch, wirklich", sagte der Mann freundlich, „aber alle diese Menschen leben aus freien Stücken so. Meine Geschäfte umspannen den Erdball. Meine Erfolge verändern ihn. Ich mache die Erde gleicher und sicherer. Und schöner. Reisen Sie gerne?"

„Die Schreie", fuhr Herr Bündner unbeirrt fort und starrte dem Mann ins Gesicht, „die Schreie! Hören Sie die Schreie nicht?"

„Schreie", erwiderte der Mann gleichgültig, „was bedeuten Schreie? Nur wer ein Nichts ist, schreit. Starke Menschen müssen nicht laut werden. Sie handeln."

Herr Bündner schwitzte. Er konzentrierte sich auf die Waffe. Er fühlte sich unterlegen.

„Haben Sie sonst noch etwas vorzubringen?", fragte der Mann und sah auf die Uhr. „Trinken Sie den Tee, solange er heiß ist."

Herr Bündner starrte ihn an. „Sie sind nicht größer als ich!"

Der Mann lächelte. „Sie glauben doch nicht ernsthaft, dass Schreie Menschen größer machen?"

„Aber Schreie", improvisierte Herr Bündner heftig, „werden irgendwann Gewalt!"

Der Mann hob eine Augenbraue. „Sie verstehen wirklich nichts", sagte er. „Schade, wo Sie schon einmal hier sind."

Es lief nicht wie geplant. Herr Bündner sprang auf und setzte sich wieder, ganz vorn auf den Stuhl. „Ich verstehe alles!", keuchte er und zerrte an seinem Hosenbein, um die Waffe frei zu bekommen.

Der Mann wippte gemächlich und besah ihn nachdenklich. „Nein", sagte er dabei, „Sie verstehen nichts. Es hat sich nicht gelohnt, dass Sie hergekommen sind."

„Nicht ich! Sie wollen nicht verstehen!" Herr Bündner bekam die Pistole zu fassen, riss sie vom Bein. Die hellen, harten Augen warteten. Noch hielt er die Waffe verdeckt im Schoß. Noch konnte er den Raum verlassen. Er hob sie über den Schreibtisch. Der Mann zeigte keine Überraschung.

„Ich komme aus großem Lärm", sagte Herr Bündner über die Pistole hinweg, „aber hier oben spürt man nichts davon."

Die Augen des Mannes ruhten ohne Sorge auf Herrn Bündners Gesicht. Sie krochen in ihn hinein, berührten ihn. Gerade noch rechtzeitig brachte Herr Bündner seinen Zeigefinger vor den Abzug. „Pang!" Das himmelblaue Jackett hatte sich kaum bewegt.

Die Augen blieben hell und hart, auf dem Mund aber stand das schmale Lächeln still.

Herr Bündner hatte Schleier vor den Augen. „Sie sind der Herr der Welt", sagte er mit dünner Stimme, „doch die Schreie der ganzen Erde werden auf dem Weg hier herauf zu einem Nichts!"

Der Mann bewegte, nicht ohne Anstrengung, den Kopf. „Ich soll der Herr der Welt sein?"

Herr Bündner zitterte. „Sie sind ebenso verwundbar wie wir alle! In ein paar Sekunden werden Sie nicht mehr der Herr der Welt sein!"

Der Mann konnte nur noch flüstern, und sein Gesicht begann zu zerfließen: „Sie verstehen weniger als nichts. Mit Ihnen kann man sich nicht einmal streiten."

Erst jetzt geriet Herr Bündner in Panik. Die Pistole machte noch einmal „Pang!", und aus dem Kopf des Mannes sprang ein Tropfen Blut, knapp unter der linken Augenbraue. Sein Körper blieb schwer im Sessel sitzen, nur die hellen Augen zogen sich langsam zurück.

Ein Schrank zwischen den raumhohen Fenstern öffnete sich. Eine alte Frau kam aus ihm in den Raum geschlurft. Herr Bündner erschrak wie noch niemals in seinem Leben, sprang zur Seite, den Stuhl umreißend. „Es war ein Unfall!", stammelte er, doch die Alte stand gleichgültig neben dem Toten, sah ihn nicht einmal an.

„Er war nur ein Mensch", sagte sie, „ein wichtiger zwar, aber eben nur ein ‚Nur'. Solche wichtigen Nurs gibt es zu Hunderttausenden, einer davon wird schon morgen in diese Lücke fließen, also nichts Besonderes, junger Mann."

Und nach einer kleinen Pause: „Sie haben Fehler gemacht."

Da Herr Bündner vor Schreck und Angst kein Wort herausbrachte, fuhr die Alte fort: „Ein Nur tut nur, was ich ihn tun lasse."

Vor Herrn Bündners Augen begann der Raum zu flirren. Die Alte schloss dem Toten mit einer gleichgültigen Bewegung die Augen.

„Danke", hörte Herr Bündner sich flüstern.

Die Alte sah ihn an. „Nichts zu danken", sagte sie. „Indem ich ihm die Augen schloss, habe ich sie ihm geöffnet. Er weiß jetzt mehr, als er jemals gewusst hat."

Herr Bündner stammelte: „Er hatte nichts von dem verstanden, was ich ihm sagen wollte."

„Kommen Sie her", sagte die Alte, „schieben Sie ihn zur Seite, setzen Sie sich auf seinen Platz! Lassen Sie sich überraschen!"

Doch Herr Bündner rührte sich nicht. In seinen Augenwinkeln bildeten sich rote und grüne Streifen, die sich schnell bewegten, auf und ab.

„Wie Sie wollen", sagte die Alte, „aber Sie haben Fehler gemacht! Natürlich hatte er verstanden. Das Problem sind Sie. Mit Ihnen konnte er sich nicht einmal missverstehen."

„Aber er sagte doch – "

„Seine Macht", unterbrach ihn die Alte, „war nur wie ein Eimer voll Kohlen, vor dem die Frierenden knien. Sie mit Ihrer dummen Waffe. Nicht er – Sie haben sich entzogen!"

Aus Herrn Bündners Teetasse schob sich eine Wespe. Ein Wesen wie aus einer anderen Welt. Ihre Flügel waren verklebt. Sie versuchte sich zu putzen. Herr

Bündner stolperte den langen Weg über den lindgrünen Teppich hin zu der zweiflügeligen gepolsterten Tür.

„Es gibt viele Herren der Welt", sagte die Alte hinter ihm. „Sie wachsen immer nach, seit vielen tausend Jahren. Ich räume hier auf. Stecken Sie Ihr Schießeisen weg! Haben Sie es gesichert? Sie treffen sich noch ins Bein."

Die Persönliche Referentin erschrak, als Herr Bündner die Tür aufriss und sie sein Gesicht sah. Dann lächelte sie. „Kann ich ihn jetzt wieder stören?"

„Nein", stotterte Herr Bündner, „jetzt nicht mehr."

Die Chef-Sekretärin im zweiten Vorzimmer ging ihm wortlos voraus zu den Express-Aufzügen des Vorstands. Ohne Halt fuhr er nach unten.

Es war schnell vorbei. Herr Bündner hatte den Türschlüssel noch nicht im Schloss, da stürmten sie über die Treppe und bogen seine Arme auf den Rücken. Die Fahrt zum Präsidium verlief schweigend. Am nächsten Mittag brachten sie ihn zurück.

„Das ist doch ein Trick, dass sie dich freigelassen haben", sagte sein Freund, als sie sich in ihrer Stammkneipe trafen, „Einer der ganz Großen löst sich in Luft auf, nachdem er mit dir – ausgerechnet mit dir – gesprochen hat."

„Als ich den Raum verließ", sagte Herr Bündner müde, „war die Alte noch bei ihm."

Sein Freund sah ihn zweifelnd an. „Die Zeitungen schreiben, das Büro habe überhaupt keinen Schrank. Nur Regale."

„Diese Alte", beharrte Herr Bündner, „kam aus einem Schrank."

„Wenn du diese Alte tatsächlich zu Gesicht bekommen hast", sagte sein Freund, „so aus dem Nichts heraus, könnte es dir auch ein zweites Mal gelingen. Vielleicht mag sie Leute wie dich, die jemanden finden wollen, den es nicht gibt."

Herr Bündner schwieg. „Ich gehe aufs Klo", murmelte er schließlich.

Es gab nur zwei Urinale. Ein älterer Mann stand schon da und spülte. Herr Bündner stellte sich vor das andere Becken.

„Ich bin die Alte", sagte der Mann.

Herr Bündner ärgerte sich. „Ja", murmelte er unfreundlich, „genauso sehen Sie aus."

Der Mann gluckste beim Lachen. „Als Sie vergaßen, die Pistole zu sichern, waren Sie nicht so penibel", sagte er spöttisch.

Herr Bündner zuckte zusammen. Darüber hatten die Medien nicht berichtet. Er sah aus den Augenwinkeln auf den Mann und murmelte: „Es war ein Unfall."

Der Alte ging zum Waschbecken. Dabei holte er einen Blechfrosch aus der Tasche und drückte mehrmals auf das Metall. Klick-klick!

Herr Bündner wandte den Kopf. Der Alte trocknete sich die Hände, dann begann er erneut zu klicken und sagte: „Mit diesem Blechklicker zu 99 Cent lassen sich alle Big Bosse, alle Politiker, alle Nurs, überhaupt alle Menschen konditionieren. Fast alle. Wie Tiere. Die Gier macht sie blind."

Herr Bündner stand immer noch da und starrte, den Kopf zum Waschbecken gedreht.

Der Alte machte wieder klick-klick. „Wie Tiere", wiederholte er. „Klick-klick! So einfach ist das. Alle rennen nur dem Klick-klick hinterher."

„Nicht alle!", sagte Herr Bündner heftig.

Doch der Alte kicherte und erwiderte: „Fast alle, habe ich gesagt. Sie hören schon wieder nicht zu, junger Mann!"

Herr Bündner kam langsam näher. „Nur klick-klick? Mehr nicht? Für fast alle?"

„So ist es, mein Lieber. Kein Klick für Fairness. Kein Klick für Nächstenliebe. Kein Klick für Zivilcourage. Aber Vorsicht! Das muss nicht unbedingt alles sein! Verrennen Sie sich nicht!"

Herr Bündner starrte dem Alten ins Gesicht und sprach lauter, als er wollte: „Ich will nur wissen: Wer kann die Welt und die Menschen hin und her schieben? Wie erkenne ich ihn oder sie? Falls Sie selbst der Herr der Welt sind, sagen Sie es mir jetzt!"

Der Alte seufzte. „Verrennen Sie sich nicht", wiederholte er, „und denken Sie daran: Sie werden belogen, immer und immer wieder."

Aus dem Seufzen wurde ein Grinsen, ein Flüstern: „Glauben Sie nichts, niemandem, kein Wort, egal, wie gut es sich anhört. Diese Leute wissen nämlich, wer der Herr der Welt ist." Dann kicherte er. „Oh, mein Reißverschluss ist noch offen."

Herr Bündner hielt wie im Traum seine Hände unter den Trockner. In das Surren des Gebläses hinein sagte der Alte: „Der Herr der Welt hat noch eine besonders liebenswerte Eigenschaft – Wo ist eigentlich Ihre Pistole? Schon gut. War nur ein Scherz."

Herr Bündner schwieg.

„Wie ich schon sagte", wiederholte der Alte, „hat der Herr der Welt eine weitere sehr liebenswerte Eigenschaft: Er kann aus Gold einen großen, dicken Hundehaufen machen. Umgekehrt sollte man sich nicht darauf verlassen."

Er lachte, war mit zwei Schritten an der Tür und ließ sie hinter sich zufallen.

„He! Wo wollen Sie hin?", schrie Herr Bündner überrascht und wütend und wollte ihm nach.

Der Kopf des Alten erschien noch einmal im Türspalt. „Lassen Sie sich Zeit", sagte er freundlich. „Laufen Sie mir nicht hinterher. Schauen Sie lieber Ihr Gesicht im Spiegel an."

Herr Bündner wollte ihm nachstürzen. „Wir sind noch nicht fertig!"

Doch da war nur noch die Stimme des Alten:

„Vergessen Sie das Nachdenken nicht! Und den Spiegel! Die Lösung ist so einfach."

Der Minister
Gefangen im Leistungsbunker

Ausgerechnet am 1. Mai zerstäubte sein Hirn. Sorglos geworden durch die erste Wärme des Jahres und den fast südlich-blauen Himmel, stand er zu nahe über die gelbblühenden, kopfhohen Forsythien gebeugt. Ganz unerwartet berührten sie ihn, sanft und weich, und er blieb bei ihnen und versuchte nicht zu fliehen.

Als ihm dies geschah, stand der Minister in seinem Garten, unweit von Kinderlachen und summenden Gesprächen, die nicht auf seine Teilnahme oder gar Leitung warteten.

Unbemerkt von den Umstehenden waren in diesen wenigen Sekunden seine Lebensjahre zerfallen. Stumm über die gelben Blüten gebeugt, ließ er seine in langen Jahren erkämpfte Bedeutung davonfliegen. Er ließ sie einfach los.

Stattdessen nahm er, noch hilflos zögernd, das fremde Atmen des Strauches und das Wunder der Blüten mit allen Sinnen auf, noch furchtsam die Schlingen der tiefen Düfte meidend. Immerhin blieb er ein für jeden sichtbarer Fels in seinen blankgeputzten schwarzen Schuhen. Dabei entglitt ihm die Welt, in der er als Lenker das politische Denken und Handeln prägte. Er bemerkte es, las es in den sich wiegenden Blüten, doch er verspürte kein Bedauern.

Er nahm die Blüten als Boten des Paradieses, in dem sein Wille nichts galt, das seine Hände mit ihren antrainierten Gesten weder täuschen noch verderben konnten.

Eine seltsame, längst vergessene Freude stieg in ihm auf, ohne die Überlegung, ob er auch dieses Lebenszeichen aussaugen könnte, wie er es gewohnt war, tagein, tagaus, bei seinen Mitarbeitern, seinen politischen Freunden und, allen voran, bei sich selbst.

Vor Wochen schon hatte sein Wollen, bisher einbetoniert im Gefühl der Unersetzlichkeit seiner Ideologie, seiner Gedanken und Taten, frischluftführende Risse bekommen, haarfeine nur, aber unangemeldet und von keinem Parteitag beschlossen. Es kam beiläufig wie Bodennebel aus Kindertagen: Erstmals war es ihm wichtig geworden, den März bewusst zu erleben, das aufbrechende Land mit Schnee und Sturm und Regen und einer wieder wärmenden Sonne.

Als dann sein Blick jedoch irgendwann kritisch auf dem Terminkalender hängen geblieben war, genau am 28. April, hatte sich der März längst hilflos eingereiht in den stummen Flug aller Monate der letzten Jahre.

Aus der Übelkeit, die er daraufhin verspürte, erahnte er, dass auch der Sommer vergehen würde, der Herbst, der Winter und wieder der Frühling, und dass er erst inmitten der Schöpfung sein würde nach dem Öffnen des Gedankenkäfigs und dem Sprengen der Porzellanringe in seinem Innern. Vielleicht auch erst in der Muße der Leichenhalle vor der sich öffnenden Tür zum Verbrennungsofen.

Sein Name wäre dann ohnehin schon getilgt aus den Verzeichnissen von Partei und Ministerium. Nur seine Frau dürfte im Munde noch lange den schalen Geschmack behalten, dass grenzenlose Geschäftigkeit nicht der Grund war, der sie einmal zusammenführte.

Seine Frau kannte schon lange nur die sehr allgemeinen Hinwendungen des Ministers, die zuweilen in den wenigen Stunden von der Nacht bis zum Morgen des nächsten Arbeitstages, die Sonntage eingeschlossen, keimten und doch nie sprossen.

Selbst unter ihrer streichelnden Hand wurde er unaufhaltsam leerer, Format allein über sein Amt behaltend, wo sie ihn pflichtschuldig wichtig nahmen.

Erst vor wenigen Monaten hatte er im Fernsehen zu einem politischen Mordfall Stellung genommen und mit gesammeltem Ernst in die Kamera gesagt: „Dieser Anschlag hat eine neue Qualität. Die Täter haben sich viel Mühe gemacht."

Seine Tochter hatte den Blick zu ihrer Mutter gewandt und gefragt: „Mag Papi die Mörder?", und ihre Mutter wusste nur zu entgegnen: „Dein Vater spricht nicht unsere Sprache, wenn er zu uns spricht."

Einsam war er nicht, glaubte er doch, mitten im Leben zu sein, wenn er mit seinem Fahrer oder einem Parteifreund ein paar Worte wechselte, leutselig in der Sonne stehend, seine Hand während dieser Gespräche schließlich nur noch mit Beherrschung vom Autotelefon fernhaltend, während er mit leicht geneigtem Kopf teilnehmend zu lauschen vorgab.

Einmal war er sogar vorsorglich dunkel gekleidet gewesen, hatte dann aber doch nicht die Zeit gefunden, seiner verstorbenen Patentante, die ihm durchaus persönlich nahestand, politisch jedoch keine Priorität genoss, die letzte Ehre zu erweisen.

Mit offenen Augen sortierte er die Fakten, schnitt und bog sie zurecht, bis sie in seine Welt und die seiner Freunde passten. Oft setzte seine geschäftige

Wahrnehmung erst ein, wenn die Partei es gebot, oder widerwillig, wenn der Eiter unübersehbar auf seinem Schreibtisch lag, stinkend und nicht einschätzbar in dem, was passieren würde, wenn er weiterhin darüber hinwegsah. Andere Dinge standen zurück, weil sein Kopf sie nicht fasste, selbst wenn alle Welt darunter litt. Zuweilen fasste er nicht mehr viel oder auch nur nicht schnell genug oder nicht weit genug bis hin zu den Folgen.

Aus seiner eigenen persönlichen Verelendung wuchs das neue Proletariat der Leitenden, unbemerkt, denn das Volk durfte nicht hinein in den Leistungsbunker, und drinnen gab es weder Stille noch Spiegel.

Dabei stand er mitten unter ihnen, nahm den schwach durch die Bunkerdeckel einfallenden Lichtschein der nützlichen Solidarität als Zuneigung der Sonne, während weit hinten im Schacht ein Frischluftgebläse die übersolidarischen Worte zu ihm trug:

Fürchtet Euch nicht. Ich bin bei Euch alle Tage bis an das Ende der Welt.

Die Forsythie wiegte sich in der warmen Luft. Der Minister trottete zurück zum Haus als der alte Mann, der er ungeachtet seiner sogenannten besten Mannesjahre war, ein Mann-Sein, das mit seiner eigenen Billigung politisch nicht mehr gefragt, geradezu hinderlich war. Auch privat haschte er in den kurzen gemeinsamen Stunden vergeblich nach seiner Rolle.

An der Hausecke blieb er stehen, sah sich um, nach rechts und links.

Dann lehnte er sich zurück an die Kante und schabte seinen Rücken, langsam, gleichmäßig, weit ausholend, grunzend, aber mit unbewegtem Gesicht.

Derweil wurden die ausgefahrenen Spuren des Gartenweges tiefer und tiefer, seine Hände öffneten sich und der blaue Himmel umfasste ihn, hell und dunkel zugleich.

Die Sonne geht auf
Ein Integrationsversuch mit Hilfe des deutschen Waldes

Herr Bonsu saß mit seinem Freund Hans-Peter in stockdunkler Nacht am Rande eines Waldes, der seinem Hauswirt gehörte. Er hatte sich auf den nächtlichen Ausflug eingelassen, nachdem dieser Hauswirt ihm die Hand auf den Arm gelegt und gesagt hatte: „Auch das gehört zur Integration, Herr Bonsu, dass Sie als Schwarzer einmal den Aufgang des Tages in einem deutschen Wald erlebt haben."

So saßen die beiden Männer in drei Meter Höhe auf einer offenen Jagdkanzel und blickten angestrengt dorthin, wo die Weiden, Knicks und ruhenden Kühe nur zu ahnen waren und wo irgendwann die Sonne aufgehen würde. Der Waldrand stand neben ihnen wie eine hohe, schwarze Mauer. Es war vollkommen still.

„Ich glaube, ich habe Tinnitus", flüsterte Herr Bonsu. „In meinen Ohren pfeift und summt es."

„Das macht die Stille ringsum", zischte Hans-Peter. „Sei ruhig und beweg dich nicht!"

„Die Sonne wird trotzdem aufgehen."

„Schscht! Sei leise!"

Die Zeit verging und wirkte doch wie stehen geblieben. Die Wolken vor dem Mond hatten sich weitergeschoben. Hin und wieder blinkte in ungewohnter Helligkeit ein Stern. Hans-Peter schwankte in blicklosem Dösen.

Nach langen reglosen Stunden packte Herr Bonsu ein hartgekochtes Ei aus, dessen Schale er auf der Brüstung aufschlug.

Davon erwachte jäh sein Freund. Um sie herum war es immer noch dunkel. Es war kühl und feucht geworden. Hans-Peter griff in seinen Rucksack und nahm eine Flasche Bier heraus, die ihm beim angestrengt geräuschlosen Öffnen aus der Hand glitt und vom Hochsitz fiel.

„Schscht! Sei leise!", mahnte nun Herr Bonsu, als Hans-Peter hinunterstieg, um mit der Taschenlampe im hohen Gras nach der Flasche zu suchen. „Du störst die Tiere!"

Als den beiden bewusst wurde, dass es dämmerte, hatte das Grau sich längst überall eingeschlichen. Es war über die Wolken getropft, hatte das Geäst der Bäume benetzt und die Schleier über den Weiden rosig gefärbt.

Der Tag selbst aber, der kam mit einem Paukenschlag. Plötzlich lärmten die Vögel, und überall zeigte sich Leben: Hasen hoppelten über das Feld, ein Fuchs strich fern an einem Gebüsch entlang, und wie aus dem Boden gewachsen, stand ein Reh am Waldrand.

Mit einem zweiten Schlag setzte das Leben der Menschen ein. In einem Teppich aus Lärm und Bewegung fuhren Fahrzeuge auf der fernen Kreisstraße, noch mit Licht. Ein Flugzeug zog steil in den Himmel. Die ersten Jogger liefen auf dem Feldweg, und Hunde, halbwache Menschen an der Leine, erleichterten sich nach der Ruhe der Nacht.

Herr Bonsu holte sein Smartphone aus der Tasche. „Gleich halb sieben."

„Hast du das gestern etwa nicht ausgemacht?"

„Gestern? Gestern war heute. Ein Uhr früh."

Als sie die Leiter hinabstiegen, setzte Nieselregen ein. Sie waren müde und fühlten sich wie Rückkehrer aus einer anderen Welt.

Hans-Peter versuchte zu scherzen. „Diese Nacht war für dich wohl so eine Art Fastenzeit, und nun gehen wir zurück ins Leben."

„Es gibt kein irdisches Leben jenseits des Lebens", sagte Herr Bonsu ernst. „Im Koran heißt es: Fasten ist gut für euch, wenn ihr es begreift."

Hans-Peter hörte kaum hin. Er wollte nach Hause.

„Dennoch", murmelte Herr Bonsu, „ist es gut."

„Gut? Was ist gut?"

„Es ist gut, dass der Tag gekommen ist. Deshalb haben wir doch hier gesessen. Und wir leben noch. Die Sonne wäre nur eine Zugabe gewesen."

Zweimal Schwarz
Unvorsichtige stehen plötzlich mitten im Leben

Whitey trug das weiße Hemd noch offen und schlürfte den ersten frisch gebrühten Kaffee des Abends in der fensterlosen Küche. Gerade erst hatte er die Leuchtschrift über dem Eingang der kleinen Bar im Hamburger Szeneviertel eingeschaltet. Die Abendgäste aus den Büros würden erst in einer halben Stunde nach und nach eintreffen.

Deshalb registrierte er mit Erstaunen, dass die Tür zur Bar geöffnet und wieder geschlossen wurde, dass Hocker über Bodenfliesen schrammten und Schlüssel auf die Theke klirrten.

Er sah auf die Uhr, verzog den Mund, seufzte und wies dann seinen Zweiten mit einer Kopfbewegung an, diese frühen Gäste zu übernehmen.

Der Raum war leer, wie immer um diese Zeit, doch an der Theke saßen zwei Frauen. Sie waren dunkel gekleidet. Einfach nur dunkel. In der dunklen Kleidung all jener, für die es wichtig ist, dunkel gekleidet zu sein, im Schwarz der Sieger, dem alten Schwarz der neuen Kaiser.

Der Zweite schaltete die stoffbezogenen Lampen über dem Tresen ein und griff nach Gläsern. „So früh heute?" Die geordnete Flasche ließ er im Kühler stehen.

„Der Auftrag ist weg", sagte die Frau mit der Sonnenbrille im Haar. „Ich muss jetzt was trinken! Sofort!"

Nach den ersten Schlucken starrten beide Frauen stumm auf die Reihen der Flaschen vor den hohen Spiegeln, jede mit ihren Gedanken beschäftigt.

Nach einer Weile hob die Frau mit der Sonnenbrille im Haar ihr Glas, leerte es, bewegte es zwischen den Fingern und ließ es seitlich zu Boden fallen.

Der Zweite stand in der Küche, hörte das Klirren und wollte nachsehen, doch Whitey brummte: „Lass das sein! Dein Platz ist hier!"

Am Ende des Barraumes, neben den Toiletten, öffnete sich eine Tür. Die Frau, die hereinkam, war nicht schwarz gekleidet. Nur ihre Haut war schwarz. Zudem war sie hochschwanger und hatte Besen und Kehrblech in der Hand.

Wortlos fegte sie den Boden.

Die Frauen starrten wieder auf die Flaschen vor den hohen Spiegeln.

Erst jetzt gab Whitey seinem Zweiten ein Zeichen, und dieser eilte aus der Küche, schon beim Aufstoßen der Schwingtür ein Lächeln auf dem Gesicht.

Er trat hinter den Tresen, nahm ein frisches Glas aus dem Regal und füllte es. Die Frau mit der Sonnenbrille im Haar legte ihr Smartphone neben die Schlüssel auf die Theke und wartete, bis der Zweite den Raum wieder verlassen hatte. Dann ließ sie das gefüllte Glas, ohne daraus getrunken zu haben, zwischen die Barhocker fallen.

Die Frau neben ihr hob eine Augenbraue und sah sie aufmerksam von der Seite an. Nach kurzem Zögern klopfte sie mit den Fingerspitzen auf den Tresen und rutschte vom Barhocker. „Ich muss gehen", sagte sie.

Whitey lugte jetzt selbst durch die spaltbreit geöffnete Schwingtür.

Wie beim ersten Mal kam die Schwarze aus dem Raum neben den Toiletten, setzte den Besen an, bemerkte die Pfütze zwischen den Barhockern, die Glassplitter in der Nässe, stellte den Besen zur Seite und kam mit einem Eimer und einem Tuch zurück.

Die Frau mit der Sonnenbrille im Haar starrte auf ihr Smartphone.

Die Schwarze ging mit Mühe erst auf das eine, dann auf das andere Knie nieder, sich dabei den vorgewölbten Leib haltend, und begann, den Fußboden zwischen den Hockern zu wischen.

Die Frau mit der Sonnenbrille nahm die Flasche aus dem Kübel. Ohne das Smartphone aus der Hand zu legen, entleerte sie die Flasche langsam, gleichgültig, fast eine Ewigkeit lang, über den Kopf der Knieenden.

Die Schwarze hörte auf zu wischen und erstarrte. Nur ein Keuchen, kurz und kehlig.

Die Frau nahm ihr Smartphone und wollte, den Mund belustigt verzogen, ohne Eile über die Kniende hinwegsteigen, die sich jedoch, genau in dieser Sekunde, steil aufrichtete, mächtig in die Höhe kam, unerwartet, die Knie vom Boden abgedrückt in einem stummen Gegenschrei der Tat.

Beide Frauen stürzten zwischen die Barhocker. Zweimal schwarz am Boden. Die mit der Sonnenbrille tastete hektisch nach ihrem Smartphone. Sie versuchte vergeblich, sich aufzurichten.

Die Schwarze hatte den Arm um sie gelegt und wortlos begonnen, ihr das Gesicht zu wischen, kräftig, mit dem

Tuch, das die Nässe und die Glassplitter vom Boden in sich trug.

Als Whitey aus der Küche kam, jetzt korrekt mit Querbinder, war die Bar leer. Er gab seinem Zweiten ein Zeichen, und sie begannen, die lange Reihe der Gläser zu polieren.

Über die Straße kamen lachend neue Gäste.

Ein Bürogespräch
Geht das Leben wirklich immer weiter?

Sein Büro lag im 9. Stockwerk der Unternehmenszentrale. Die beiden, die vor seinem Schreibtisch saßen, trugen dunkelblaue Anzüge. Sie waren jung, glattrasiert und selbstsicher. Smart.

Vor genau drei Stunden hatte die Chefsekretärin ihn angerufen und ihm vom Vorstand ausrichten lassen: „Es kommen gleich zwei Berater zu Ihnen. Bitte sprechen Sie mit ihnen."

„Worüber?"

„Na ja, die wollen auf alles einen Blick werfen."

Da begann tief in ihm etwas bisher Unbekanntes aufzusteigen, beunruhigend, wie jäh aus schwarzem Wasser aufsteigende Luftblasen. Bisher hatte der Vorstand stets rechtzeitig und persönlich mit ihm über solche Dinge gesprochen.

Als die beiden kamen, hatte er ihnen Unterlagen gegeben, die sie wortlos in dünne Mappen taten. Dann fragten sie ihn lange und ausführlich nach jenen Abteilungen, mit denen er kooperierte, und machten sich Notizen.

Schließlich meinte einer der beiden, wobei er ihn nicht ansah: „Haben Sie sich schon einmal vor Augen geführt, dass Ihre Mitarbeiter teuer sind? Gebundenes Kapital gewissermaßen. Humankapital."

Er spürte, wie ihm der Raum entglitt. Ihn das zu fragen, setzte voraus, dass sie bereits einen Plan in ihren Mappen hatten, der nur auf seine Zeit wartete, und dass der Vorstand davon wusste.

Die beiden vor seinem Schreibtisch waren glattrasiert und jung und durch diesen einen Satz unangreifbar geworden wie eine Revolverkugel in einer Waffe, die der Vorstand diesen beiden in die Hand gegeben hatte. Vielleicht durften sie sogar auf ihn schießen? Aus ihren Anzugärmeln schoben sich weiße Manschetten mit goldenen Schließen.

„Ihre Mitarbeiter müssen mehr leisten als bisher", sagte der eine.

„Viel mehr sogar", ergänzte der andere.

„Aber vielleicht", fuhr der Erste fort, „sind Sie als Abteilungsleiter mit Ihrem zweiten Bildungsweg und Ihrer Herkunft – war Ihr Vater nicht Busfahrer? Reisebusfahrer?"

„ – und Ihre Mutter Hausfrau?"

„Vielleicht", setzte der Erste fort, „sind Sie nur nicht der richtige Mann, Ihre Mitarbeiter zu mobilisieren?"

Und der andere fügte hinzu: „Verstehen Sie uns bitte nicht falsch."

„Ich habe acht Mitarbeiter", hörte er sich sagen. „Alle mit Diplom. Ich leite die Abteilung seit neun Jahren."

Die beiden vor dem Schreibtisch wippten mit ihren blank geputzten Schuhen. Sie sahen auf ihre Uhren. Nahezu gleichzeitig. Dann sahen sie in ihre Mappen. Beide.

„Darum geht es nicht", sagte schließlich der Erste. „Ihre Mitarbeiter sind teuer. Sie sind zu teuer, nur noch *nice to have*. Das verstehen Sie doch?"

Der andere lächelte und senkte dabei ein wenig den Kopf. „Wir hofften, Sie würden selbst zu dieser Einsicht gelangen."

„Sie kennen meine Mitarbeiter nicht." Er schwitzte, und das Atmen fiel ihm schwer.

„Drei könnten wohl bleiben", sagte der, der links vor ihm saß.

„Bringen Sie uns doch morgen früh bis 9 Uhr die Namen", sagte der, der rechts saß.

„Nur drei von acht?"

„Immerhin drei."

„Und ich?"

„Sie?"

Abends ging er zu Bett wie immer. Doch zuvor hatte er seinen Schuhen Namen gegeben: *Glattgesicht* dem linken und *Grinsegesicht* dem rechten. Er hatte sie durchs Zimmer geschleudert, auf ihnen herumgetrampelt, sie im Waschbecken ertränkt, in der Mikrowelle gebraten und dann im Garten verscharrt. Am Morgen lieferte er die gewünschte Liste. Mit drei Namen.

Sein eigener war dabei.

Tucson Highway
Ein unverhofftes und doch vorhersehbares Ende

Tucson Highway. So nannte jeder in der Konzernzentrale den Privatweg des großen Vorstandsvorsitzenden, des Chief Executive Officers Mario Egloff. Es war ein Sandweg zwischen Gräben und Knicks, und er führte nach mehr als einem Kilometer zu seinem Golfplatz und dem weitläufigen Haus mit den beiden überdachten Pools.

Auf diesem Sandweg, in sicherer Entfernung von der Technik und dem Personal, mit dem das Haus gesichert war, summte hinter einer Hecke ein Pritschenwagen im Leerlauf.

Vieloh saß am Steuer. Im dunklen Anzug, die Krawatte gelockert, das weiße Hemd durchgeschwitzt, die wohl zwanzigste Zigarette zwischen den Lippen. Er beobachtete den fernen hellen Fleck der Kreuzung, wo Egloffs Privatweg von der Kreisstraße abzweigte.

Vieloh rauchte, um nicht mehr nachdenken zu müssen. Er hatte sich entschieden. Sein CEO würde heute nicht in einem gepanzerten Wagen mit Chauffeur sitzen, sondern allein in seinem neuen Sportwagen, den er am Morgen selbst in die gesicherte Firmengarage gefahren hatte. Alle hatten es gesehen.

Vieloh zündete sich eine weitere Zigarette an, blies den Rauch durch das halb versenkte Seitenfenster, wo er träge in der warmen Luft des Nachmittags entschwebte.

Dem fernen hellen Fleck der Kreuzung näherte sich mit hohem Tempo ein Wagen. Als er in den Privatweg einbog, wirbelte Sand auf. Um ganz sicher zu sein, hob Vieloh sein Fernglas, aber es gab keinen Zweifel.

Der Sportwagen kam rasend schnell heran. Vieloh ließ die Zigarette fallen und gab Gas, trat das Pedal sofort fest durch. Der Schweiß lief ihm über die Augen.

Ungebremst nahm der schwere Pritschenwagen die erste Kurve, schleuderte um die zweite, da war der Sportwagen schon vor ihm, Egloffs weit aufgerissene Augen und sein Mund, ein im Entsetzen klaffend schwarzes Loch.

Außenspiegel kreischten in Wagenlack, Weißdornäste schlugen um sich.

Der Pritschenwagen kam zum Stehen. Vieloh atmete rasselnd mit weit offenem Mund. Er starrte in den Rückspiegel.

Der Graben und ein Baum hatten das rasende Schleudern des Sportwagens jäh gestoppt. Vieloh sah nur die Hinterräder und eine Staubfahne, die sich in den Büschen verlor.

Vieloh atmete ein Mal tief ein und zischend wieder aus. Er war dem CEO nicht ausgewichen. Dieses eine Mal war er nicht ausgewichen. Nein, er war ihm wirklich nicht ausgewichen. Diesmal nicht!

Er würde ihm niemals wieder ausweichen!

Schwerfällig stieg er aus, ging zögernd die wenigen Meter zurück.

Egloff hing mit verdrehten Armen über dem Lenkrad. Er blutete nicht. Sein rechtes Augenlid schien sich zu bewegen. Er war ohne Bewusstsein, ausgeliefert und hilflos.

In einer einzigen Sekunde hatte Vieloh diesen Allmächtigen reduziert auf Haut, Fleisch und Haare.

Damit konnte Egloff niemandem mehr Angst einjagen oder von ihm, Vieloh, Unterwerfung verlangen. Da lag nur noch ein Mensch, der sich nicht mehr selbst erhöhen konnte. Es war ganz einfach gewesen. Vieloh hatte es nur wollen müssen!

Er wollte es, seit Egloff in der Betriebsversammlung, der größten, an die Vieloh sich erinnern konnte, die Entlassungen mitgeteilt und dann mit lachenden Lippen, auf ihn, Vieloh, gezeigt hatte.

Da war er aufgestanden, gehorsam, willenlos, weil es die ihm zugewiesene Rolle war. Er hatte das ihm zugereichte Mikrofon genommen und vom Blatt abgelesen:

Es reicht nicht, dass wir ein Plus machen. Die Aktionäre wollen mehr. Deshalb werden wir die Produktion nach Moldawien verlagern, falls ihr wisst, wo das liegt.

Da war es auf einen Schlag still geworden. Vollkommen still. So still waren sie nie zuvor gewesen, so gemeinsam still. So still, dass Vieloh in dieser Stille die Frauen und Männer nicht mehr erkennen konnte, die vor ihm standen und die jetzt nur noch ihn, Vieloh, anstarrten, der doch zu ihnen gehörte.

Die Luft wurde so schwer wie Blei. Plötzlich glitt er auf etwas aus, das wie Flaum war, wie der Flaum im Gesicht einer längst verlernten Solidarität.

Mario Egloff hatte gelächelt, ganz entspannt, dann das Mikrofon genommen und gesagt: *Wer will, der kann mitkommen..*

Dann war er gegangen. Einfach so.

Vieloh hockte sich neben den zerstörten Wagen, dessen Fahrertür aufgerissen war.

Seine Hände zitterten, als er eine weitere Zigarette anzündete. Den Rauch blies er über Egloff hinweg in das Wageninnere.

Außer ihnen war kein Mensch hier draußen. Ringsum nur Sonnenschein, sanfte Wärme, Hummeln und Schmetterlinge. Vieloh saß, rauchte und wartete darauf, dass Egloff starb.

Unerwartet wuchs aus der Stille das Flapp-Flapp eines Hubschraubers. Es kam näher, wurde lauter. Vieloh duckte sich neben das Wrack, doch das Geräusch entfernte sich, ohne dass der Helikopter sichtbar geworden wäre.

Im Flapp-Flapp des Hubschraubers hatten sich Egloffs Kiefer entkrampft und seine Lippen geöffnet. Die Vorderzähne waren abgebrochen, das rechte Auge jetzt offen und starr.

Vieloh blieb neben dem Wrack hocken, rauchte und wartete.

Der Hubschrauber kam zurück, wurde zwischen den Baumwipfeln sichtbar. Noch konnte Vieloh aufspringen und um Hilfe winken. Aber falls Egloff dadurch weiterlebte, würde er Hunderte Leben zerstören. Vielohs eigenes Leben auch.

Als der Helikopter abdrehte, summten nur noch die Hummeln. Sie summten und summten. Ihr Summen kam von überall her. Es wurde lauter. Vieloh konnte ihm nicht entkommen. In diesem Summen wuchs seine Angst. Sie kam wie eine schwarze Wand auf ihn zu. Würde Egloff ihn nur für einen Augenblick mit den dunklen Scheiben seiner Pupillen fangen können, er wäre ihm wieder unterworfen.

Vieloh stopfte hektisch die Reste seiner Zigaretten in die Tasche, zertrat Egloffs Smartphone, warf es in die Büsche und zog die Handschuhe aus. Wenn nur das Summen der Hummeln nicht wäre.

Unerwartet wurde das Summen zum Heulen eines Motors. Jemand gab Vollgas im falschen Gang.

Jetzt erst wurde Vieloh von Panik überflutet. Er rannte los, erreichte seine Pritsche, gerade als der andere Wagen in einer Staubwolke heran war. Eine Frau stürzte heraus, zerriss ihre Jacke an der Wagentür, stolperte hin zu dem Wrack. Sie hatte keine Augen für Vieloh. Sie hatte nur Schreie.

Vieloh raste zurück auf die Kreisstraße und gleich weiter zur Autobahn.

Hinter den Feldern versank der Tucson Highway.

Skizzenpapier
Ansichtssachen

Sauber gezeichnet hingen sie an den Wänden. Pläne, Grundrisse, Seitenansichten, dazu summte das Gerät für die angesetzte Powerpoint-Präsentation. Durch die Jalousien des Besprechungsraumes fiel die Spätsommerwärme als lauwarmes Zwielicht.

Auf den Tischen standen Tassen und Kekse bereit, und die nach und nach Eintretenden gruppierten sich ihnen zu. Sie blätterten in Papieren, steckten sie in Aktenkoffer und holten sie wieder heraus, sahen auf ihre mobilen Endgeräte. Eine sehr junge Mitarbeiterin des Büros füllte die Tassen mit *Tee?* – Lächeln – *oder Kaffee?*

Herr Sommer drehte den Kugelschreiber zwischen den Fingern. Die Leiterin der Abteilung Planung Zwo setzte sich neben ihn und nahm sich einen Keks. Sie war noch neu auf diesem Dienstposten.

Mit genau sieben Minuten Verspätung kam der Ministerpräsident schnellen Schrittes und mit Gefolge und trat sogleich vor die wandhängenden Pläne, neben denen die Architekten in zuversichtlicher Gelassenheit bereitsaßen.

Planung Zwo neigte sich leicht zu Herrn Sommer. „Dass das jetzt alles so plötzlich kommen musste. Wir haben gerade am Thulersee gebaut. 300 Meter Ufer und 400 Quadratmeter Wohnfläche. Alles für die Katz!"

Die Architekten erläuterten und strichen mit chromfarbenen Stiften über die Pläne, ließen sie zu Boden gleiten, legten Skizzenpapier auf, korrigierten.

Eine Powerpoint-Präsentation will der Herr Ministerpräsident nicht, war ihnen aus dem Tross zugeraunt worden.

„Gut gelöst!", sagte dieser schon nach knapp zwanzig Minuten, „Ich danke Ihnen. Diese bausteinartige und sehr lichtdurchlässige Überdachung sichert die erforderliche Klimaunabhängigkeit unseres Landes optimal."

Von rechts, Herr Sommer konnte es kaum glauben, kam die durch Unsicherheit überlaute Stimme seiner Kollegin: „Wenn unsere Städte künftig unter Klimadächern eingesperrt sein werden …"

„Wie kann man", dachte Herr Sommer, „nur so emotional sprechen in diesem Kreis!"

„… wir nie wieder am Strand oder im Gras liegen können …"

„Niemand hindert Sie", unterbrach der Ministerpräsident und verzog dabei spöttisch den Mund, „sich ins Gras zu legen. Auf einer Dachterrasse zum Beispiel. Auf überraschende Regenschauer werden Sie in Zukunft allerdings verzichten müssen."

Lautes Gelächter der Teilnehmerrunde. Auch die Architekten lachten, ebenso Planung Zwo. Und Herr Sommer lachte auch.

„Wir möchten Sie nicht weiter bemühen!", sagte der Ministerpräsident. Alle saßen jetzt stumm und abwartend. Ein Stuhl wurde zurückgeschoben, und ein grauer Schatten geriet kurz in Herrn Sommers Blickfeld, bevor die Tür sich schloss.

„Möchte noch jemand die Argumentation Wirtschaftswachstum kontra Sonne und Regenschauer fortsetzen?" Man schmunzelte, machte Bemerkungen, schüttelte den Kopf. Alle standen auf und klatschten, als der Ministerpräsident mit seinem Gefolge den Raum verließ.

An diesem Tage fuhr Herr Sommer bedächtiger nach Hause als sonst. Nun, wo alles beschlossen war, sich in wenigen Monaten die Rolltore der Klimastraßen über ihnen schließen würden, für immer, konnte er sich nicht sattsehen an dem Himmel zwischen den Häuserzeilen.

Im Autoradio ein Interview mit dem Ministerpräsidenten zum Klimaschutz für die Städte. Gerade als Herr Sommer zu einem Musiksender wechseln wollte, kam die Frage: „Wie bewerten Sie die seit den 70er Jahren des letzten Jahrhunderts gerade von Ihrer Partei immer wieder bagatellisierten Warnungen vor dem, was uns nun bevorsteht? Man spricht davon, dass es nach dem kommenden Winter keinen Frühling mehr geben wird."

Der folgenden Stille merkte man die Verärgerung des Ministerpräsidenten an. Schließlich sagte er: „Wie Sie genau wissen, Frau – wie war Ihr Name noch? –, stehen wir lediglich vor einer gewissen Klimaangleichung, hervorgerufen durch eine Verschiebung der Erdachse, die nun wirklich nichts mit unserer politischen Verantwortung zu tun hat. Das können Sie überall nachlesen, wenn Sie sich die Zeit dafür nehmen würden, zum Beispiel bei der Vorbereitung auf ein Interview. In anderen Gegenden der Welt, zum Beispiel in Afrika und Australien, gibt es diese Klimazonen längst. Wir können nicht unsere wirtschaftlichen Erfolge und demokratischen Errungenschaften bewahren wollen und gleichzeitig von Wiesenblumen im Frühling träumen."

„Vielen, vielen Dank für diese Klarstellung, Herr Ministerpräsident. Und nun wieder Musik."

Herr Sommer bog in die stille Straße mit den rotgedeckten Klinkerhäusern und großen Gärten ein, in der er seit fast 30 Jahren wohnte. Die Bäume trugen noch Laub, vom Herbst bunt eingefärbt, und die Astern und Chrysanthemen blühten.

Diese stille Straße wird nicht klimatisiert werden. Sie war auf den Plänen nicht verzeichnet, nicht wichtig genug für den wirtschaftlichen Fortschritt. Nur geringe staatliche Zuschüsse für die Klimaschleusen an den Türen standen in Aussicht. „Pech für dich", hatte Planung Zwo zu ihm gesagt, „aber mehr war nicht drin. Denk an mein Haus am Thulersee, auch alles für die Katz. Die Zeit war einfach zu kurz."

Auf dem Fahrweg hockten zwei Elstern. Herr Sommer bremste und ließ sie in der Sonne sitzen. Für sie gab es keine Zukunft.

Schmerzten nicht schon seine Brust und der linke Arm? An vielen Zäunen und Hecken lehnten Rasenmäher, Spaten, Gartenschläuche, Harken und Spielgeräte. Für sie gab es jetzt kostenlose Sondertermine der Sperrmüllabfuhr.

Seine Frau stand im Garten. Wie sie ihm entgegensah, wirkte sie in seinen Augen sehr alt und grau. Sie trug Gartenhandschuhe. Neben ihr stand ein Eimer mit einer kleinen Harke zum Unkrautjäten.

Er kam nicht näher.

Langsam zog sie die Handschuhe aus, steckte sie in ihre Latzhose, schob mit dem Fuß den Eimer etwas zur Seite und sah ihren Mann über wohl 20 Schritte hinweg an. Herr Sommer kam nicht näher, genaugenommen trat er sogar einen kleinen Schritt zurück.

Beide schwiegen.

„Hast du etwas dagegen tun können?", fragte sie schließlich leise.

„Was hast du gesagt?"

„Konntest du es verhindern?"

„Nein. Leider nicht."

Nur ein Euro

Schon ein Kleinkind kann etwas über die
Bedeutung des Geldes lernen, wenn es nur will

Ein dunkelgrauer, blitzblank gewaschener Wagen
schaukelte im Schritttempo in den Furchen des
Feldweges, der die Baumschule durchschnitt. Die Sonne
warf schon lange Schatten und blinzelte durch die
Blätter des Apfelbaumes in Herrn Behlas Garten.

Unter dem Baum, ganz nah am Zaun, saß auf einer
Krabbeldecke Jakob Behla. Er war noch so klein, dass er
erst zwei weiße Zähnchen im Mund hatte, unten, wo
man sie nur sah, wenn er lachte.

Er lachte und krähte viel, besonders wenn die Mama
Grimassen zog oder Papa ihn hoch in die Luft warf.

Der dunkelgraue, blitzblank gewaschene Wagen rollte
näher heran. Auf der Baumschule gab es sonst nur
Trecker, denen der kleine Jakob mit „Da! Da!" und
leuchtenden Augen nachsah.

Außerdem arbeiteten dort, über kleine Bäume gebeugt,
Männer mit schwarzen Mützen und Frauen mit bunten
Kopftüchern, die anders sprachen als Mama und Papa.

Manchmal war ein Mädchen mit langen Zöpfen dabei,
das konnte aber schon laufen. Es kam immer zu Jakob
an den Zaun, sagte „Baby" zu ihm und rupfte Blätter
vom Johannisbeerstrauch. Die Trecker zogen derweil
gelbe Staubfahnen in die Luft.

Der dunkelgraue, blitzblank gewaschene Wagen hielt
jetzt an. Herr Behla nahm den kleinen Jakob auf den
Arm, während er dem Mann, der aus dem Wagen
ausgestiegen war, entgegensah.

Der Mann kam näher, jeden Schritt vorsichtig in die Ackerfurche setzend. Papa hatte seine Nase in Jakobs Haar, und der Junge drückte seine Wange an Papas Hand.

Der Mann, der nun vor ihnen am Zaun stand, hieß Petersen. „Guten Abend", grüßte er und machte zu Jakob „Ei, ei, ei."

Ihm gehöre, so sagte er, dieses große Baumschulfeld mit den Hunderttausenden von kleinen Bäumen, ihm, dem Herrn Petersen aus Flensburg.

„Sie wollten von mir ein paar Meter Land kaufen für eine Terrasse mit Spielecke für den Kleinen?"

So war es. Herr Behla hatte Herrn Petersen das geschrieben.

Der Mann lächelte und stupste den Jungen auf Papas Arm mit einem Finger in die Magengegend. Dabei sagte er zu Herrn Behla: „Leider kann ich Ihnen nichts abteilen. Ich verkaufe gerade jetzt alles im Stück. Eine Gesellschaft zieht dann hier die Häuser hoch."

„Das geht doch nicht!", unterbrach ihn Herr Behla erschrocken. „Das ist doch alles Baumschulgebiet!" und setzte den kleinen Jakob hastig zurück auf die Krabbeldecke, weil er im Haus das Telefon hörte.

Herr Petersen sah ihm kopfschüttelnd nach und wandte sich zum Gehen.

„Warum tust du das?" Kam die Stimme von der Krabbeldecke? Sie war so leise, dass der Herr Petersen zunächst meinte, sich geirrt zu haben. War der Junge nicht viel zu klein, ein Baby noch? Herr Petersen kam zurück an den Zaun. Da war die Stimme wieder.

„Warum darf das Mädchen mit den Zöpfen nicht mehr kommen? Es sagt immer ‚Baby' zu mir. Und rupft die

Blätter vom Johannisbeerstrauch. Es gehört zu den kleinen Bäumen."

Der Mann beugte sich langsam über den Zaun, sah nach rechts und nach links, doch da war nur der kleine Jakob, der eine quietschende Gummigiraffe in den Händen hielt. „Sprichst du etwa schon, du Schlingel?"

Herr Petersen lachte und hockte sich hin, um den Jungen genauer zu betrachten.

„Mit diesem Acker ist es ganz einfach", sagte er dabei und wunderte sich nicht einmal mehr, dass er zu einem Kleinkind sprach. „Bisher habe ich ihn für wenig Geld verpachtet. Als Bauland, und dir kann ich es ja wohl anvertrauen, bekomme ich fünf Millionen Euro dafür. Es wäre dumm von mir, es nicht zu tun."

Doch Jakob drehte nur die Giraffe in den Händen und ließ sie quietschen. Plötzlich sagte er, Herr Petersen hörte es deutlich: „Es gibt schon so viele Häuser hier."

Der Mann hockte immer noch hinter den Zaun und betrachtete das Kind durch die Maschen hindurch. „So darfst du es nicht sehen, mein Kleiner. So wie ich an dem Acker, verdient die Baugesellschaft an den neuen Häusern viel Geld. Deshalb baut sie sie, und es wäre dumm von ihr, es nicht zu tun."

„Aber ich will die vielen, vielen Bäumchen behalten", flüsterte es von der Krabbeldecke.

„Ach Gottchen", meinte freundlich der Herr Petersen. „Du musst noch viel lernen. Es werden reiche Leute in die Häuser ziehen, die wollen auch frische Luft atmen und werden diese Bäumchen nie gesehen haben. Diese Leute zahlen Steuern in die Gemeindekasse und kaufen in den Geschäften im Ort, vielleicht jedenfalls. Aber wie auch immer, es verdienen alle daran, dass hier kein

Acker mehr sein wird, und alle wären dumm, wenn sie es nicht täten."

„Aber die Trecker und das Mädchen", weinte der kleine Jakob.

Der Mann hatte ein weiches Herz. Als er zudem noch die beiden weißen Zähnchen entdeckte, kramte er in der Hosentasche und warf einen blanken Euro auf die Krabbeldecke.

„Du musst das verstehen, mein Junge", murmelte er. „Alle, wirklich alle bekommen viel Geld, wenn hier statt Bäumchen Häuser wachsen. Vielleicht wohnt das Mädchen mit den Zöpfen dann neben dir, genau hier, wo ich jetzt stehe. Dann hättest auch du etwas davon, und es wäre dumm, es nicht zu versuchen." Damit ging Herr Petersen zu seinem Wagen zurück, etwas nachdenklich vielleicht, und er winkte dem kleinen Jakob noch mehrmals zu.

Als Herr Behla aus dem Haus kam, hockte er sich gleich zu seinem Jungen und zupfte mit den Lippen an Jakobs kleinen, beweglichen Zehen. Auch die Mutter kam. Sie nahm den kleinen Jakob auf den Arm. „Bettgehzeit! Du hast ja ein Tränchen im Auge."

„Nebenan soll gebaut werden", sagte der Vater zu ihr. „Wieder ein Stück Natur weniger. Bis der Junge groß ist, steht hier kein Baum mehr."

„Wir können es nicht ändern", erwiderte Frau Behla und trug den kleinen, müden Jungen ins Haus, der schon seinen Kopf an ihre Schulter gelegt und den Daumen in den Mund gesteckt hatte.

Auf der Krabbeldecke lag ein blanker Euro.

Drei Anrufe an einem Tisch
Ferne Nähe

Ich kannte ihn nur, weil er mir ab und zu über den Weg lief, auf der Straße oder hier, in der Kneipe, so wie gerade jetzt. Er trat durch den Tabakrauch und das Stimmengewirr an den einzigen fast freien Tisch, an dem nur ich saß und allein sein wollte. Er beachtete mich nicht, legte seine Jacke neben sich auf die Bank unter dem Fenster, wischte Krümel vom Tisch auf den Boden und setzte sich.

Gerade kam die Bedienung und stellte mir Wein und warmes Brot hin, wobei sie ihn mit einem Seitenblick bestellungserwartend anlächelte. Er hatte sich jedoch zurückgelehnt, mit hängenden Armen, und beachtete weder sie noch mich. So konnte ich nicht entspannt allein sein. Deshalb gab ich der Bedienung ein Zeichen, auch für ihn Wein zu bringen.

Ich versuchte, weiterhin allein für mich da zu sein, was mir durch seine Nähe, auch wenn er nur stumm dasaß, nicht mehr gelingen wollte, zumal er mit dem Oberkörper näher kam und nach meinem Brot griff. Ohne den Blick vom Tisch zu heben, begann er, ein Brotstück nach dem anderen zu brechen und langsam in den Mund zu schieben.

Nun hatten wir noch nie miteinander gesprochen, wenn wir uns zufällig begegneten. Hier in der Kneipe hatte ich meist das Glück, allein am Tisch zu sitzen. Ich blätterte dann in den Zeitungen, die auf der Fensterbank lagen, dabei das Sitzen in der von Gesprächen durchsetzten

Kneipenluft genießend, frei von allem, sogar von mir selbst.

Die Bedienung kam und brachte nun auch seinen Wein. Er rührte ihn nicht an, zerkrümelte nur die Reste meines Brotes auf dem Tisch. Ich bestellte noch einmal Wein und Brot für mich, ohne Hast, denn der Abend war jung. Unvermittelt murmelte der Mann neben mir, das Gesicht immer noch gesenkt: „Ich bin heute nicht sehr gut drauf."

Seine Stimme tastete sich über den Tisch, geriet nur zögernd vor meine die Zeitung lesenden Augen. Ich brauchte viele träge Sekunden, bis ich vom Lesen aufsah.

Er hielt den Blick jetzt auf seine am Kinn verschränkten Hände. Ich sah ihn an, ohne ein Wort zu sagen. Er hatte ja eigentlich nicht zu mir gesprochen.

„Ich gehe heute immer wieder unter."

Als er den Satz wiederholte, wenn auch nur leise und zögernd, blieb mir keine Wahl. Ich legte die Zeitung neben mich auf einen Stuhl. Von dort nahm sie sofort jemand hinüber zum Nebentisch. Es war, als hätte ich beim Sprung vom Dreimeterbrett meine Badehose verloren. Plötzlich deckungslos, wurde der Lärm der Gespräche um uns wie Watte, zumindest in meinen Ohren. Ich konnte seine Stimme geradezu fühlen, wie sie über den krümelbestreuten, weinfeuchten Tisch zu mir kam:

„Ich gehe immer wieder unter. Alle Spiegel habe ich heute zerbrochen. Alle. Vorhin." Und nach einer Pause: „Jeden einzeln. Auf meinen Knien. Sie knackten. Wie Knochen."

Schweigen. Ich wusste nicht, ob es gut wäre, ihm jetzt eine scherzhafte Bemerkung hinzuwerfen. Seine Nummer mit den Spiegeln war etwas zu bizarr. Bevor ich mich entschließen konnte, sprach er wieder, die Arme diesmal zwischen den Knien hängend:

„Irgendwann kam die Dämmerung. Sie durchdrang mein Zimmer, löste es auf, verwischte die Konturen. Wohltuend, dieses Schweben zwischen Tag und Nacht, aber voller Ablagerungen, mit zu vielen kalten Träumen. Sie überzogen nach und nach meine Wände, die Decke, die Fenster, immer schneller."

Er hielt wieder inne. Sein Glas stand zwischen den Brotkrumen. Er hatte es immer noch nicht angerührt. Als mein Brot kam, schob ich es unauffällig aus seiner Reichweite. Wir schwiegen. Ich war ohne Ungeduld und wäre ihn dennoch gern losgeworden.

Die Bedienung kam, machte sich im Kommen lachend von einer Hand am Nachbartisch frei, beugte sich zu mir: „Ein Anruf für dich. Am Tresen." Ich sagte: „Später, jetzt nicht."

Sie wischte mit fließenden Bewegungen den Tisch, ging zurück. Ich hatte die Gelegenheit, von ihm loszukommen, verpasst. Ich leerte mein Glas. Dann kam sie nochmals, musste sich erneut von der Hand am Nachbartisch freimachen: „Wieder für dich. Der von vorhin."

Ich schüttelte den Kopf und blieb sitzen. Der Wein hatte mich träge gemacht. Der Mann neben mir hatte endlich geschwiegen. Die Bedienung verschwand, den Nebentisch meidend, gleichmütig in der Nische neben dem Tresen, wo das Telefon an der Wand hing. Meine

Augen folgten ihr ohne Interesse. Ich war jetzt entspannt, bis mich seine Stimme doch wieder störte.

„Bevor ich heute herkam, wollte ich wieder zu Kräften kommen. Ich nahm einen Stuhl und stellte ihn in die Mitte meines Zimmers." Und nach einer Pause: „Es war längst dunkel geworden. Ich legte eine Platte auf. Dann setzte ich mich auf den Stuhl."

Da er wieder stockte, fragte ich: „Eine Platte? Was für eine Platte?"

„Eine Schallplatte. Ich habe nur Schallplatten. Es war das Ave Maria. Das Ave Maria von Bach und Gounod. Gesungen von ihr."

„Von ihr? Wer ist ihr?"

„Von ihr. Von W. Wiggins Fernandez."

Er trank jetzt tatsächlich von seinem Wein, gerade als ich die Hand bewegte, um das Glas zu mir heranzuziehen. Ich saß und suchte mit den Augen die Bedienung, bereit, ihr mein leeres Glas zu zeigen.

„Schon mit den ersten Takten war er da", flüsterte der Mann. „Ein dunkelwolkenhafter Felsbrocken. Er senkte sich auf mich. Mit jedem Takt kam er näher, tiefer. Er berührte meine Brust, drückte sie zusammen, fest, immer fester, enger, erstickend."

Wieder eine Pause. Wo steckte die Bedienung? In der Küche?

„Er bedeckte mich vollständig. Er umschloss mich, doch ich konnte mit meinen Armen durch ihn hindurchfassen, durch diesen Felsen greifen, der nicht wegzuschieben war, auch nicht, als ich aufstand, die Nadel abhob und die Platte zur Seite legte."

„Er hob eine Nadel ab", dachte ich, „wirklich bizarr."

„Noch nie habe ich einen solchen Stein gespürt, wissen Sie, so groß, so übermächtig. Und doch mit den Armen zu durchgreifen."

Wir schwiegen beide. Er hatte die Augen auf die Wand gerichtet, ich versuchte immer noch, die Bedienung zu entdecken. Da kam sie mit der Flasche, schenkte mein Glas voll, sah zu meinem Nachbarn, berührte meine Schulter und ging zurück.

Den Wein trank ich sofort aus. Das Brot ließ ich für ihn stehen. Ich zahlte am Tresen und trat an dem alten Wollvorhang vorbei durch die Tür hinaus in die Kälte. Vielleicht sollte ich nach Hause gehen, auch einen Stuhl ins Zimmer stellen, mitten ins Zimmer, so wie er das Ave Maria hören, allerdings nicht auf einer Schallplatte, bei mir sang es jemand anderes, ich erinnerte den Namen nicht, und versuchen, wie er einen dunkelwolkenhaften Felsstein zu spüren.

Doch während ich durch die weinkalte Nacht und den sanft einsetzenden Schneefall ging, fielen mir nur die Anrufe ein aus dem Telefon an der Wand neben dem Tresen, von diesem Mann ohne Namen, und ich vergaß den Anruf eines Menschen, der für mich auch keinen Namen hatte, der mich aber persönlich erreichte, bei mir am Tisch.

Der geladene Herr Mustafa
Noch ein Integrationsversuch, diesmal mit
einer Ministerin

Es war eine kleine, ausgewählte Gruppe, die im Salon des Gästehauses der Landesregierung zusammenstand, geschmeichelt ob der Einladung, aber etwas verunsichert, weil untereinander fremd. Man musterte unauffällig den schon eingedeckten Tisch und wartete. Die hohen Flügeltüren wurden geschlossen.

Als Herr Mustafa das menschliche Bedürfnis verspürte, den Raum dringend noch einmal zu verlassen, um die Toilette aufzusuchen, war die Ministerin gerade ohne Aufhebens eingetreten. Die Stimmung im Raum hatte sich sofort verändert. Es gab plötzlich einen Mittelpunkt, dem jeder zustrebte.

Herr Mustafa hatte die Hand schon auf dem Türgriff, als die persönliche Referentin der Ministerin auf ihn zutrat und ihn lächelnd in den Raum zurückführte.

„Frau Ministerin, darf ich Ihnen Herrn Mustafa vorstellen, er engagiert sich in der ..."

„Ich freue mich, dass Sie gekommen sind, Herr Mustafa. Ihre arabische Erscheinung, Ihr fantastischer grauer Bart, das passt so wunderbar in ein tolerantes, weltoffenes Land wie das unsere."

Die Ministerin strahlte ihn an, drückte fest und lange seine Hand und wandte sich in einer leichten Körperdrehung dem nächsten Gast zu.

Schließlich wurde zu Tisch gebeten. Herr Mustafa aß schweigend. Dabei entging ihm nicht, dass der Koch verstohlen in den Raum sah, und er hatte das Gefühl, dass seine Blicke auf ihn gerichtet waren.

Mit dem Auftragen der Süßspeise trat der Koch offiziell in den Raum. Die Gäste unterbrachen ihre Unterhaltung und spendeten ihm Beifall. Der Koch nahm ein silbernes Tablett vom Buffet, stellte eine einzige Süßspeise darauf und begab sich zur linken Seite des Tisches, dorthin, wo Herr Mustafa saß und ihm beunruhigt entgegensah. Die Ministerin hob eine Augenbraue.

Aller Augen folgten dem Koch. Dieser stellte die Süßspeise, sich leicht vorbeugend, neben Herrn Mustafas Besteck und sagte leise zu ihm: „Es war nur ganz wenig Fleisch vom Schwein dabei, Sie konnten es nicht herausschmecken." Und in das Schweigen am Tisch hinein ergänzte er: „Allah ist verzeihend und barmherzig."

Als die Ministerin daraufhin unerwartet aufstand und unverkennbar auf ihn zukam, erhob sich Herr Mustafa hastig. Sie legte ihm die Hand auf den Arm.

„Ich hoffe, mein Lieber, es hat Ihnen dennoch geschmeckt? Wissen Sie, wenn ich Sie so erlebe, wird mir immer bewusster, was uns fehlt, dass wir eine neue Kreativität in Deutschland brauchen, noch mehr Internationalität, frische Köpfe, Diversity, Sie verstehen, was ich meine?"

Herr Mustafa fühlte sich durch diese freundlichen Worte unverdient herausgehoben und damit zugleich ausgegrenzt. „Frau Ministerin", murmelte er unsicher, „auch der Fremde ist nur ein Mensch. Vor Allah sind alle Menschen gleich."

Bei der Verabschiedung reichte die Ministerin jedem einzelnen Gast die Hand. Als die Reihe an Herrn Mustafa kam, verlor ihre Hand ein wenig von der Festigkeit, die er bei der Begrüßung verspürt hatte. „Ich wünsche Ihnen einen guten Heimweg", sagte sie lächelnd. „Besuchen Sie Deutschland gern einmal wieder."

Die Referentin hatte es gehört und stand verlegen an der Tür.

„Ich weiß nicht", sagte Herr Mustafa, „habe ich etwas falsch gemacht? Ich bin nicht zu Besuch hier. Ich bin Deutscher."

Flug nach Hawaii
Wo genau beginnt die grenzenlose Freiheit?

„Über den Wolken muss die Freiheit wohl grenzenlos sein. Kennen Sie das Lied?"

Seine Co-Pilotin schüttelte den Kopf. „Nein, Sir", sagte sie.

„Reinhard Mey. 1974. Lebten Sie da schon?"

„Nein, Sir. Noch 60 Minuten bis Big Island."

Gleichmäßig rauschten die Turbinen. Unter ihnen lag eine lockere Wolkenschicht, und weiter unten glitzerte der Pazifische Ozean.

„Dieses Lied", wandte der Captain sich an den Jungen, der wie aus dem Nichts ganz nah bei ihm stand und der er selbst immer noch war, und er sah sich die Armaturen im Cockpit bestaunen, während er ruhig weitersprach: „Dieses Lied hat den 4. Platz gemacht. Bei den hundert besten des Jahrhunderts. Und weißt du, warum?"

Der Junge wusste es nicht. „Gibt es hier kein Lenkrad oder so etwas?", fragte er.

„Schau aus dem Fenster, dann weißt du es."

„Dann weiß ich, weshalb das Lenkrad fehlt?"

„Dann weißt du, warum Fliegen ein Traum von Freiheit ist und das Lied auf Platz vier kam."

„Und das Lenkrad?"

Der Captain bewegte sich in seinem Sitz. „Wir haben kein Steuerhorn mehr. Das geht alles digital. Mit diesem Sidestick, siehst du."

Seine Co-Pilotin sah ihn irritiert an. „Soll ich die Landung übernehmen, Sir?", fragte sie zögernd.

„Nein, Co, ich mach das schon."

Der Captain wandte sich wieder dem Jungen zu. „Als ich so alt war wie du ..."

Doch der Junge wollte wissen: „Wie hoch fliegen wir?"

„Etwa 10.000 Meter. Bald gehen wir tiefer."

„Geht es auch höher?", fragte der Junge. „20.000 oder so? So hoch, dass ich das Weltall und in den Himmel sehen kann?"

Der Captain schüttelte den Kopf. „Nein. Mehr als 12.000 schaffen wir nicht."

„Keine 20.000?"

„Wenn das so einfach wäre. Selbst der Höhenrekord liegt nur bei knapp 40.000, und dein Weltraum, der beginnt erst bei 100.000. Das hört sich weit an, aber was sind schon hundert Kilometer. Voyager 1 ist 18 Milliarden Kilometer weit weg. Für das Licht sind das 18 Stunden. Voyager hat 35 Jahre gebraucht."

Seine Co-Pilotin krauste die Stirn, sagte aber nichts. Ihr Pferdeschwanz wippte.

„Vögel", fuhr der Captain fort, „Vögel sind wunderbar. Die können wirklich fliegen. Sie sind so leicht und doch kräftig und können sich treiben lassen bis ins höchste Blau. Diese Freiheit wollte ich schon als Kind, mich einfach loslassen können, schweben bis über die Wolken, bis in das Licht, das endlos ist, ohne Schularbeiten und Stundenpläne. Fliegen, immer nur fliegen."

„Aber jetzt fliegen Sie doch!", sagte der Junge.

„Das ist nicht dasselbe", dachte der Captain. „Ich fliege, aber ich fliege, um zu transportieren. Leute und ihr Gepäck. Gepäck und Leute. Von A nach B und von B nach A und von C nach D und wieder nach A."

„Hinten ist alles voll", sagte der Junge, „alles ausgebucht. Gut, dass mein Platz hier vorne ist."

„148 haben wir an Bord", murmelte der Captain, „die wollen alle nach Hawaii, warum auch immer."

In der Tiefe funkelte das Wasser des Pazifiks.

„Wir sind nicht hier oben, weil Fliegen so schön ist", sagte der Captain gedehnt, „sondern nur, weil es schneller geht. Von A nach B eben. Ich habe Checklisten, Flugpläne und Fluglotsen. Nur im Traum kann ich einfach steigen, hoch, immer höher, bis das Blau aufhört und alles schwarz wird, eine dunkle Weite, die anders ist als auf der Erde, ohne Anfang und ohne Ende, und wo es nicht einmal mehr Stille gibt, weil überall nur nichts ist."

„Dazu braucht man eine Rakete!", rief der Junge.

Der Captain nickte. „Ja, deren Schubkraft müsste man haben."

„Mit tausend PS", ergänzte der Junge.

„Wir messen nicht in PS, nur in Schubkraft. Jedes unserer Triebwerke hat 120 Kilonewton."

Seine Co sah ihn abermals von der Seite an. Sie war beunruhigt. „Ich erinnere mich, Sir."

„Und die Rakete?", fragte der Junge.

„Die hat nicht zweimal 120, so wie wir, die hat 40.000, sonst würde sie von der Anziehung der Erde nicht loskommen."

„Sehr beeindruckend, Sir." Und zögernd: „Soll ich den Sinkflug einleiten?"

„Was sagt denn Kona?"

„Sofort, Sir. Kona Airport? Hier Flug AEGO 2446. Bitte kommen. Wir sind bereit zum Sinkflug."

Der Junge berührte den Captain am Arm. „Bitte noch nicht runtergehen", bettelte er. „Ich will noch in den Himmel sehen."

Der Captain zögerte, dann sagte er rasch: „Co, Hawaii liegt weit genug vor uns. Wir gehen für ein paar Minuten auf elf-acht, sagen Sie es dem Anfluglotsen und machen Sie eine Durchsage für die hinten. Tun wir es für den Jungen."

„O. k., Sir. Elf-acht."

Doch seine Co sah sich irritiert im Cockpit um, denn da war kein Junge. Der Captain bewegte den Stick. Das Rauschen der Triebwerke wurde heller, der Steigflug begann.

Die Co-Pilotin machte die Durchsage an die Passagiere, dann wandte sie sich an den Captain: „Kona fragt, was das soll, Sir."

Der aber sah mit einem Lächeln aus dem Seitenfenster und schwieg. Das Flugzeug gewann langsam an Höhe. Der Junge verhielt sich jetzt sehr still, verkroch sich in eine Ecke, verschmolz mit der Wand des Cockpits. Sie stiegen und stiegen. Zwei orange Lämpchen blinkten.

„Wir sind am Limit, Sir."

„Noch nicht, Co, es geht noch. Merken Sie, wie wir schweben?" Das Flugzeug jedoch ruckelte, als würde es über Schotter fahren.

„Wir sind jetzt über Limit, Sir, schon zwölf-sechs!", und sie sah den Captain mit aufgerissenen Augen an.

„Wir schweben", flüsterte der Captain und suchte mit seinen Blicken den Jungen.

„Dreizehntausend, Sir. Wir können die Geschwindigkeit nicht mehr halten!"

„Wir schweben, Co."

„Vierzehn-drei!" Jetzt war Panik in ihrer Stimme. „Wir crashen, Sir!"

Die Turbinen dröhnten, und das Flugzeug schaukelte. Drei Signale schrillten jetzt, fünf Lämpchen blinkten. Unter ihnen schwebten seidig glänzende Federwölkchen in der dünnen, kalten Höhenluft. Die Co-Pilotin hatte den Mund weit offen. Das Flugzeug ruckte.

Der Captain sah immer noch aus dem Seitenfenster auf den Pazifik. Schließlich murmelte er: „Sinkflug, Co. Lass man, ich mach das schon."

Langsam bewegte er den Stick nach vorn. „Die Landung aber machen Sie, Co", und nach einer Weile, väterlich, fast liebevoll: „So etwas musst du aushalten können, Co. Und niemals die Ruhe verlieren!"

Sie fuhr sich mit der Zunge über die trockenen Lippen. „Ja, Sir, danke, Sir."

Weit voraus schoben sich violett die Berge von Big Island über den Horizont. Nun leuchtete schon weiß die Brandung entlang der Küste. Als grauer Strich kam aus dem Dunst die Landebahn des Kona International Airport.

Der Captain lehnte sich entspannt zurück. Er sah hinüber zu seiner Co-Pilotin, die die Landung eingeleitet hatte, und lächelte. Selbst ihr Pferdeschwanz wirkte konzentriert.

Das Fahrwerk war ausgefahren. Ganz ruhig lag ihre Hand am Sidestick für den Nose-Down-Input, um die Last auf das Bugrad zu bekommen, und die Flaps standen auf Drei, dann auf Full, um den Auftrieb zu halten. Schon hatten sie die breiten weißen Querstreifen vor sich, die den Beginn der Landebahn anzeigten, und schwebten über die aufgemalte Siebzehn.

„AEGO 2446, noch 100 – 50-40-30-20- gelandet. Kommen Sie über die Eins."

„Über die Eins, verstanden, Kona. Ende."

Während sie rollten, sah der Captain sich um, aber da war wirklich kein Junge mehr. Stattdessen meldete sich nochmals der Tower: „Eine Frage noch, AEGO 2446: Gab es einen Grund für das Manöver vorhin?"

Die Co-Pilotin blickte zum Captain, der ihr zunickte. „Ja", sagte sie ins Mikrofon.

„Sagen Sie ihn uns, AEGO 2446."

Der Captain übernahm das Mikro. „Sehnsucht", sagte er etwas verlegen auf Deutsch. „Sehnsucht!"

Guten Morgen, mein Kind
Verzweiflung und Gewalt sind zuweilen Geschwister

Immer wenn er aufwachte, hörte er vor seinem Kinderzimmerfenster den Gesang der Vögel. Er plapperte und rumorte dann, bis seine Mutter zärtlich „Guten Morgen, mein Baby" sagte oder „Na, ausgeschlafen?" und ihn auf sein Lächeln und Strampeln hin auf dem Arm zum Fenster trug.

Sie schob dann jedes Mal die Vorhänge beiseite, so dass er den Garten und die Sonne sehen konnte. Manchmal fiel Regen aus grauen Wolken. Die Vögel waren aber immer da und zwitscherten in den Hecken.

Eines Morgens blieben die Vögel still. Dabei hatte er die Augen offen, sah den bunten Hampelmann an der Wand und in der warmen Umarmung seiner Mutter den Garten, die Büsche, Bäume und Blumen.

Weil die Vögel stumm blieben, wurde er unruhig, doch seine Mutter sagte zu ihm: „Sieh die vielen Vögel im Garten." Sie waren also da. Er hörte sie nur nicht.

Ihr Gesang fehlte ihm nun an jedem Morgen, nach jedem Aufwachen. Er lauschte jetzt immer mit offenen Augen in der Erwartung, im Erwachen nach langem Schlaf würden Veränderungen, die nicht wohltaten, gelöscht sein.

Erst nach vielen Tagen sagte seine Mutter zum Vater: „Komisch. Die Vögel sind so still. Sie zwitschern gar nicht mehr."

An jenem Abend gab ihm die Mutter die Brust und sah dabei mit dem Vater die Nachrichten in der Tagesschau.

Da erschien ein großer, bartloser Mann im Bild, der als „Herr Ministerpräsident" angesprochen und nach dem Ausbleiben des Gesangs der Vögel gefragt wurde.

Der große Mann zeigte sich nicht besorgt. Er lächelte sogar und hatte die Hände etwas gehoben, die Handflächen nach oben, dorthin, wo sein Mund sorgfältig die Worte sprach: „Schauen Sie, meine politischen Freunde und ich sind dieser Frage mit Ernst und Sorgfalt nachgegangen. Es liegt an einem Mittel, das unsere Äcker vor Missernten bewahrt. Die Vögel empfangen nicht mehr das Licht, und ohne Licht kein Gesang. Wir sollten das nicht überbewerten. Dass die Vögel nicht mehr singen, ist gewiss schade, aber –", und nun sah er direkt in die Kamera: „Wohlstand und Fortschritt liegen immer nur vor, niemals hinter uns."

Der Vater schaltete das Gerät aus, und dann saßen sie schweigend. Seine Mutter strich über den warmen Babykopf, auf dem viele feine Härchen wuchsen.

„Unser Kind ist noch so klein", sagte sie schließlich. „Es wird ihren Gesang gar nicht vermissen." Der Vater aber ging auf den Hof und hackte Holz mit einem Beil, das hatte einen kurzen Stiel, und schrie bei jedem Schlag: „Schade!", immer nur „Schade!"

Es verging einige Zeit, da begannen die Vögel im Garten selten zu werden. Eines Morgens hielt er auf dem Arm seiner Mutter vergeblich nach ihnen Ausschau. Die Bäume, der Rasen und alle Hecken waren leer.

Wiederum verstrichen viele Tage, bis seine Mutter zum Vater sagte: „Komisch, die Vögel sind nicht mehr da."

An jenem Abend saß er mit den Eltern im Wohnzimmer, als sie die Nachrichten in der Tagesschau sahen. Da erschien abermals der große, bartlose Mann im Bild, der als „Herr Ministerpräsident" angesprochen und nach dem Verschwinden der Vögel gefragt wurde. Der große Mann zeigte sich nicht besorgt.

„Schauen Sie", meinte er. „Meine politischen Freunde und ich sind dieser Frage mit Ernst und Sorgfalt nachgegangen. Es liegt an einer harmlosen Art von Feinstaub. Die Vögel empfangen nicht mehr die Zeit, und ohne Zeit keine Brut. Wir sollten das nicht überbewerten. Dass es keine Vögel mehr gibt, ist gewiss bedauerlich, aber Wohlstand und Fortschritt liegen immer nur vor, niemals hinter uns."

Sein Vater schaltete das Gerät aus. Dann saßen sie schweigend, und seine Mutter strich über den warmen Babykopf, auf dem viele feine Härchen wuchsen. „Unser Kind ist noch so klein", sagte sie schließlich. „Es wird die Vögel gar nicht vermissen."

Der Vater aber griff sich das Beil mit dem kurzen Stiel, ging in die große Stadt, direkt in die Zentrale der Partei, zog in einem unbewachten Augenblick den Kopf des großen, bartlosen Mannes nach vorn auf einen Tisch und spaltete ihn, und siehe, er war leer bis auf viele nützliche Beziehungen und ein übergroßes Ego mit der Bereitschaft, alles zu übergehen, was den Zielen seiner Freunde und Förderer im Wege war.

Als die Verhaftung des Vaters bekannt wurde und die Tagesschau ihn in Handschellen zeigte, wie er in die Kamera sah und „Mein Kind!" rief, da schaltete die Mutter das Gerät aus. Dann saß sie schweigend und strich über den heißen Babykopf, auf dem viele feine Härchen wuchsen.

„Du bist noch so klein", murmelte sie. „Du wirst deinen Vater gar nicht vermissen."

Auf dem Weg mit Julia
Jeder Schritt kann Augen öffnen

Meine Freundin hat ihren egozentrischen Morgen. Sie will ausgerechnet an diesem Sonnabend nicht akzeptieren, dass ich unerwartet ins Büro muss.

„Du hast frei. Es ist Wochenende! Da erwarte ich, dass du für uns da bist."

„Was ist denn plötzlich los mit dir?"

„Du musst die Brote vom Bäcker holen."

„Wie das denn? Dafür habe ich jetzt wirklich keine Zeit. Mein Büro ist in Hamburg, nicht nebenan!"

„Du musst das Brot nur rausholen. Bezahlt ist es schon."

„Gut", seufze ich, „zehn Minuten. Mehr ist nicht drin."

„Dann beeil dich. Und nimm Julia mit!"

Julia ist zwei Jahre alt. Zugegeben, sie ist meine Tochter, aber wenn ich morgens ins Büro fahre, schläft sie noch. Wenn ich spät aus dem Büro komme, schläft sie schon wieder. Sollte sie ausnahmsweise noch wach sein, erwartet sie mich an der Haustür, kaum dass der Wagen ausgerollt ist. Dann fühle ich mich bedrängt, denn mein Kopf ist noch im Büro.

Den Weg zu unserem Bäcker muss man zu Fuß gehen. 300 Meter. Parkplätze gibt es dort nicht. Mit Julia wäre diese Strecke endlos, also nehme ich sie auf den Arm. Ich muss es schaffen, pünktlich im Büro zu sein. Die Besprechung ist sehr wichtig!

Wortlos schaukelt Julia im Takt meiner eiligen Schritte, während ich in der Jackentasche nach dem Smartphone taste. Wo habe ich das zuletzt gehabt? Im Badezimmer?

In der anderen Hose? Wenn nun gerade jetzt eine Nachricht kommt?

Beim Bäcker gehe ich eilig an der Schlange vorbei, suche den angehefteten Zettel mit dem Namen meiner Freundin, greife die Meterbrote, nehme Julia draußen wieder auf den Arm und strebe zurück.

An der ehemaligen Grundschule müssen wir an einer langen Hecke entlang. Zum Glück ist kein Bekannter in Sicht, der Zeit kosten könnte.

„Ich will laufen."

Das war Julia. Sie spricht also doch. Es sind nur noch 200 Meter.

„Gleich, gleich", beschwichtige ich sie. „Papa ist in Eile."

Julia schweigt erneut. Ich sehe ihr ins Gesicht, weil ich das unangenehme Gefühl habe, ihr Körper sei soeben versteift. Er hat sich tatsächlich versteift. Auch ihr Gesicht.

„Ich will laufen!", beharrt sie trotzig.

„Mist", sage ich und stelle Julia auf den Boden. „Aber du musst schnell gehen."

Sie nimmt meine Hand und geht los.

Die zehn Minuten, die ich mir für den Gang zum Bäcker zugestanden habe und die ich auf der Autobahn wettmachen wollte, vergehen. Ich ziehe sie mit, bin ihr immer einen halben Schritt voraus. Wie kann man nur so trödeln.

Plötzlich bleibt sie abrupt stehen. Ungeduldig drehe ich mich zu ihr: „Was ist jetzt schon wieder los? Komm weiter! Ich muss ins Büro!"

Julia starrt unbeirrt in die Hecke, berührt ganz vorsichtig eines der Blätter. Es ist grün. Alle Blätter dieser Hecke sind grün.

Ich will sie weiterziehen, doch sie sträubt sich: „Psst, ein Käferchen!", und sie geht noch näher heran. Ihr Kopf berührt die Zweige, aber meine Hand lässt sie dabei nicht los.

Gerade will ich ärgerlich „Na und? Käfer gibt es Tausende!" sagen, da sehe ich ihre dünnen Arme und das gemusterte Kleid und spüre plötzlich, wie viel Wärme ihre kleine Hand mir gibt.

Sie stupst den Käfer und redet mit ihm, als seien sie beide allein auf der Welt. Ich halte den Mund. Ich will sie auch nicht mehr weiterziehen. Eigentlich müsste ich es tun, aber werde ich ihr jemals wieder so nahe sein? Ich beuge mich sogar vor und flüstere in ihr weiches Haar: „Es ist ein Marienkäferchen." Dass es die überhaupt noch gibt.

Als wir zu Hause ankommen, steht meine Freundin bereits in der Tür. „Wo bleibt ihr denn? Ich denke, du hast es eilig!?"

Julia rennt zu ihr. „Wir haben ein Käferchen gesehen!", schreit sie aufgeregt und begeistert.

„Ein Marienkäferchen", ergänze ich stolz.

Meine Freundin nimmt Julia und die Brote. Die Tür schließt sich. Ich stehe neben dem Wagen und will nicht losfahren. Jetzt noch nicht. Meine Hand ist ohne die Hand meiner Tochter so nutzlos und leer.

Die Besprechung in Hamburg ist bereits zu Ende, als ich ankomme. Ich habe nichts verpasst. Am Montag wird es eine weitere geben.

Helfende Hände
Experten sind niemals selbst betroffen

Ein kleiner Mann mit großen braunen Augen vor einem Burschen, so groß wie keiner. Der haut dem Kleinen ins Gesicht. Links und rechts, links und rechts. Immer klatsch links, klatsch rechts, klatsch links, klatsch rechts. Etliche kommen langsam näher, um vielleicht, notfalls, falls möglich einzugreifen, das Schlagen zu beenden. In der Gruppe ein Jurist, ein Werkzeug der Gerechtigkeit.

HALT!, gebietet er. Nicht dem Schlagenden. Die Helferschar soll innehalten, nicht näher kommen. Er verordnet ihr eine Pause zum Nachdenken und Abwägen, inmitten des klatsch, klatsch, klatsch.

Nichts überstürzen! Abgesehen von der Schuldfrage – Wer sagt denn, dass der Große weiterhin schlagen will? Wer kann dies mit Sicherheit behaupten, bevor seine klatschende Hand das Gesicht des Kleinen erreicht hat? Vielleicht will er wiedergutmachen und versöhnlich streicheln? Soll ihn gerade dann die Gegenwehr treffen? Emotionalität, nur weil der Kleine seine Arme jetzt so merkwürdig baumeln lässt, klatsch, klatsch, darf uns nicht manipulieren. Entscheidend ist allein die Millisekunde, in der aus dem Schwinger entweder ein Schlag oder eine kräftige Liebkosung wird.

Die bisherigen Schläge? Darf man aus der Vergangenheit auf die Zukunft schließen? Soll der Große nicht auch seine Chance zur Umkehr bekommen? Wäre das Gerechtigkeit?

Die Abwägung des Bewegungsprofis des Großen erweist sich als schwierig, nimmt alle Aufmerksamkeit in Anspruch.

Klatsch – zu spät zum Eingreifen. Klatsch – schon wieder zu spät.

Keine Voreiligkeit, warnt der Anwalt. Wir können dem Großen nicht zur Last legen, dass wir seine Bewegungen nicht präzise und schnell genug abschätzen können. Es ist unser Problem.

Klatsch links – zu spät, klatsch rechts – zu spät, klatsch, klatsch. Wieso macht der Große nicht mal eine Pause? Alle starren auf den Anwalt. Er ist eine Autorität. Glück für den Kleinen, klatschklatschklatsch.

Ach nein, jetzt knicken dessen Beine nach vorn, seine braunen Augen sind weit offen, Blut rinnt ihm aus Mund und Nase. Wie eine Puppe fällt er in leichter Drehung nach vorn und aufs Gesicht. Der Große wischt sich die Hände an der Hose ab.

Was ist?, fragt er in die Runde.

Hat sich erledigt, murmeln alle.

Einer muss den Arzt rufen, sagt der Anwalt.

Der Porschefahrer
Augenblicke

Angeschnallt lag er in der Mulde des Fahrersitzes, die Tür halb offen, inmitten der Faszination eines technischen Wunders und umgeben vom Duft frischen Leders. Nur ein paar Meter entfernt stand angebunden sein Esel und ließ ihn nicht aus den Augen.

Er zog die Tür heran. Sie schloss sattschwer, und der Händler trat einen Schritt zurück, wurde Kulisse wie der Esel, um den sich Kinder scharten und dem ein Mitarbeiter des Händlers Wasser hinzustellen versuchte, ohne dem Tier zu nahe zu kommen.

Er grub sich noch tiefer in den Sitz, umklammerte das kleine, fast senkrecht stehende Lenkrad und startete. Wie ein Schlag packte ihn der Motor. In harter Federung lauerten seine sechshundert PS.

Der Händler verfolgte lächelnd, wie der Flache in einem dumpfen Grollen vom Hof rollte, Richtung Autobahn.

Der Abschuss kam in Gedankenschnelligkeit. Es war ein Vorwärtsfall bis hinein in die rasende Spitze der Zeit. Es drückte ihn in den Sitz. Es veränderte die Welt und den Augenblick. Vierzig – sechzig – neunzig Meter in jeder Sekunde.

Vor ihm, neben ihm, überall jetzt eine reißende Röhre aus Beton und Weite. Seine Sinne spannten sich in den Händen am Steuer. Tanzende Linien und Farben, auf- und wegzuckend, konturenlos. Er selbst war längst eingesogen worden von der Kraft der Maschine. Er war schwerelos und frei, frei, frei! Da nahm er den Fuß zur Seite.

Die Röhre aus tanzendem Beton rollte wie eine aufschäumende Woge über ihn hinweg. Die Seligkeitsstarre zerbrach. Er fühlte sich erschöpft und leer, blinkte und verließ die Autobahn, bog ab in einen Seitenweg.

Ereignislos umgab ihn das sommernahe Frühlingsland mit stillen Sandwegen, lichthellen Birken, träumenden Kühen und Wölkchen, wie hineingetupft in einen blassblauen Himmel.

Steifbeinig verließ er den Wagen, stand unsicher auf Erde und Moos. Er besann sich und kroch dann auf einen grün gesprenkelten Knick, legte sich auf den noch braunen Rand des Grabens. Eine Amsel grüßte ihn aus schwarzen Augen. Die Sonne taute ihn auf. Er ließ es geschehen, denn die Eile, die nie ihr Ziel erreicht, verharrte regungslos hinter ihm auf dem Sandweg.

Das erneute Gleiten in den geflügelten Thron war ihm bereits vertraut. Das Fenster senkte er, um das Frühlingsland noch eine Weile bei sich zu wissen. Im Schritttempo fuhr er über Kies, der unter den breiten Reifen knirschte. Alles war durchwoben vom Flirren der himmel- und erddurchtränkten Luft.

Auf der Autobahn löste sich der Traum sekundenschnell wieder auf, zerstob in der Kraft des Augenblicks.

Zurück beim Händler, ging er zuerst zu seinem Esel. Lange strich er durch das warme Fell.

„Ich bin richtig schnell gewesen", raunte er ihm ins Ohr. „Ich war wie ein Komet! Ich hätte hinter die Sterne sehen können!"

Der Graue hob und senkte den Kopf. „Was soll ich hinter die Sterne sehen", erwiderte er sanft. „Das, was für mich wichtig ist, das wärmt und sättigt. Dein Komet war, wenn du mich fragst, nur ein Brummer, ein dicker zwar, ein glänzender, aber mit ihm allein könntest du niemals an dein Ziel kommen."

Heimkehr

Nur ein Gedankenspiel?

Ein Tag Ende Januar. Helmut Zech fährt über Land, kommt zurück von einem Außentermin. Der Schnee, schon ein paar Tage alt, liegt immer noch wie ein dünner, weißer Schirm über den Feldern links und rechts der Autobahn. Die erste Sonne dieses Jahres an einem blauen Himmel hatte die weiße Landschaft tagsüber leuchten lassen, so dass Herr Zech sich wohlzufühlen begann. In wenigen Wochen würde ihn die Märzsonne umfangen und emportragen in das erwachende Jahr.

Jetzt, gegen Abend, während der Fahrt ein Wetterumschwung mit dichtem Grau, das überall aus den Wiesen kommt. Auch ohne die Hinweisschilder auf der Autobahn kennt Herr Zech die schnell dunkel werdende Landschaft, aus der das warme Licht des Tages, das so endlos schien, sich ohne Spur zurückzuziehen beginnt.

Nur noch wenige Minuten Fahrt bis nach Hause. Der Verkehrsfunk warnt vor Nebel und Eisglätte. „Ihr werdet euch wieder Sorgen machen", denkt er. Die Schneereste auf der Autobahn knirschen, jetzt setzt Nieselregen ein, noch weniger Geschwindigkeit, die Scheibenwischer nicken gleichmäßig nach rechts und links.

Macht euch keine Gedanken um mich. Bald werde ich in unseren Gartenweg einbiegen, ihr kommt erleichtert an die Tür, du und die Kinder, und ich wärme mich an eurer Freude.

Der Wagen summt. Die Scheinwerfer erleuchten kaum die Fahrbahn, kein anderes Auto vor und hinter ihm, auch nicht auf der Gegenfahrbahn.

Nicht auszudenken, wenn der Wagen rutschen, sich überschlagen und ich nicht wiederkommen würde zu euch, in eure Welt, die so sicher auf mein Da-Sein gebaut ist. Sie müsste ohne mich zerbrechen, wie sollte es auch weitergehen, ihr wisst ja nicht einmal, wo die Papiere liegen für unser Haus.

Die Scheibenwischer hinterlassen erste Schlieren auf der Scheibe, doch noch hat er eine gute Sicht.

Eine große Leere würde um euch sein. Ihr müsstet euch fest zusammenschließen, eine Wagenburg bauen, eure Verwundbarkeit verbergen. Doch ich bliebe bei euch, als Schatten, würde das Haus durchdringen. Vielleicht würdet ihr mich sogar spüren, nachts, in euren Träumen, und am Tage, mit ruhenden Händen.

Die Autobahn ist dunkel und der Himmel bedeckt. Immer noch fährt er, ohne die Scheinwerfer eines anderen Fahrzeugs zu sehen.

Ich werde mich nie von euch trennen, euch nicht zurücklassen in einer Grube aus Leid. Ich werde es nicht kennenlernen, euer unvorstellbares Leben ohne mich.

Doch die Gedanken lassen nicht von ihm ab, kehren wieder, fremd und bedrückend, während der Wagen summt, die Wischerblätter schmieren und aus der Dunkelheit heraus erste Flocken im Licht der Scheinwerfer vorbeistieben.

Muss es ein Geheimnis bleiben, wie ihr ohne mich leben werdet?

Sein Kopf ist leer, und eine blauschwarze Decke fällt wie in Einzelbildschaltung über ihn. Teilnahmslos registriert er den fernen Lichtschein hinter Fenstern und fährt dann ohne Sinn auf die nächste Ausfahrt, außer ihm immer noch kein anderes Fahrzeug, nur Flocken und Nacht.

Aus der Dunkelheit leuchtet plötzlich eine Telefonzelle. Dieses gelbe Häuschen hat Helmut Zech noch nie bemerkt. Es gibt auch keine Häuser hier.

Sein Kopf ist sehr dumpf, seine Ohren klingen hoch und hell, als er in der Kabine steht, wie aus weiter Ferne die Stimme seiner Frau hört, die Sprechmuschel abdeckt, sich verstellt und so als ein Fremder, ganz amtlich, ihr in das Entsetzen hinein diese letzte aller Nachrichten überbringt, wie er es beruflich schon mehrmals tun musste.

Seine Hände zittern ohne weitere Worte den Hörer auf die Gabel zurück. Die Kälte umkrallt ihn bis auf die Haut, doch im Verlassen der Telefonzelle spürt er weder Schnee noch Eis, nur eine Lache aus Verlorensein, die ihn zu lähmen beginnt.

Die Welt ringsum hat sich verändert. Plötzlich ist Herr Zech allein. Sie war so leicht zu zerreißen, diese Nabelschnur zur Geborgenheit, zum Fundament seines Lebens. Er spürt eine Klammer um Brust und Kopf. In fliegender Hast stürzt er zurück zum Wagen, gibt zu viel Gas, schleudert, ist zurück auf der Autobahn, gibt immer noch zu viel Gas.

Nach endloser Zeit erreicht er die vertraute Straße, rutscht in die Kurve, alles liegt still, auch der Garten, nur der Hund lärmt im Zwinger wie immer, wenn er kommt.

Was habt ihr inzwischen getan?

Er will aus dem Wagen stürzen, doch es gelingt ihm nicht. Nur langsam stellt er die Beine auf den Boden. Der Hund lärmt immer noch. Im Wohnzimmer sieht er Licht, am Vorabend noch vertraut, jetzt fremd, verschlossen.

Herr Zech zittert, wagt erst nicht aufzuschließen, läutet, schließt dann doch auf. Drinnen im Flur ist alles dunkel. Aus dem einen Kinderzimmer dringt das Murmeln aus dem Fernseher. Helle Lichtfäden ziehen durch die Türritzen des anderen. Die Wohnzimmertür wird halb in den dunklen Flur hinein geöffnet. Seine Frau in einem Hausmantel, und an ihr vorbei fließen das warme Licht des Raumes hinter ihr, leise Musik und die Stimme ihrer Freundin, die sich ihm eingräbt, während das Radio jäh abbricht:

„Oh, das wird die Presse sein, bitte sie doch herein."

Wünsche
Das Leben sollte man nicht aufschieben

Der Sturz war heftig und kam unerwartet. Als er wieder bei Bewusstsein war, fühlte er sich verschnürt und im Lärm einer Sirene hin- und hergezogen. Neben ihm saß jemand und starrte ihn an.

Er schloss die Augen. Die schlingernde Bewegung blieb. Die Sirene auch. Er fühlte Übelkeit, wollte rufen, meinte zu spüren, dass in der Nähe Wind über Wasser strich. Die Sirene heulte.

Wohin er den Kopf auch drehte, überall war das zuckende Blau. Aus dem Blau näherte sich ihm ein Mund, dessen Lippen sich wie in Zeitlupe bewegten, bis unter hellen Locken eine Frage auf ihn zu kroch:

„Es wird knapp mit dir. Hast du noch einen Wunsch?"

Er verstand nicht.

„Ich bin deine Fee", sagte der Mund geduldig. „Sag mir deinen letzten Wunsch. Ich erfülle ihn dir!"

Er schloss die Augen und dachte nach. Schließlich murmelte er stockend: „Ich möchte in der Sonne sitzen, an einem Bach zwischen Wiesen und Feldern, allein, mit einem Becher Tee, einem belegten Brötchen, einem Buch und stillen Gedanken, die ich hoch bis in den blauen Himmel hinein verfolgen kann."

Mit einem Ruck kam das Gesicht der Fee näher an ihn heran.

„Hauch mich an!", giftete sie, und er bemerkte, dass ihre Zähne fleckig waren. „Ich erfülle nur richtige Wünsche, Lebenswünsche! Willst du zum Mond fliegen, in einem Ferrari fahren, Milliardär sein? Los, entscheide dich!"

„Scheiß drauf", erwiderte er matt.

Die Fee starrte ihn an. „Du hattest zehn mal tausend Tage deines Lebens Zeit, dich an einen Bach zu setzen. Komm mir also jetzt nicht mit solchem Kram."

„Dann wünsche ich mir Geborgenheit, die Liebe einer Frau, und lass mich noch einmal geboren sein."

Die Fee schrumpfte, wurde blasser und leiser. Er musste sich anstrengen, um ihre letzten Worte zu verstehen: „Du sturer Bock! Liebe und Leben kann ich dir nicht geben!"

„Dann schenke mir einen Geburtstag. Wenigstens einen Geburtstag will ich noch!"

Das Heulen der Sirene verstummte, als der Wagen hielt. „Oh, Mann", sagte der Sanitäter zu den Kollegen, die mit der Trage kamen. „Irgendwie hat der wohl Geburtstag heute. Er redet ständig davon."

Ebbe und Flut
Nordseeleben

Mehrmals im Herbst und Frühjahr, selten im Sommer, fuhr Hans-Peter an die Nordsee. Ebbe und Flut faszinierten ihn. Vor Büsum stapfte er dann durchs Watt und ließ sich von der Flut ans Land drängen, wo er sich auf den Deich zurückzog und dann, durchgefroren und zufrieden, in den Ort ging zu einem frisch gezapften Bier und gebratenem Fisch.

Seine Frau kam seit geraumer Zeit nicht mehr mit. Der Ort war ihr zu spießig, der Fischgeruch zu aufdringlich und das Ereignis nicht mehr neu.

Mose war sein neuer Begleiter, ohne Begeisterung, aber immerhin bereitwillig.

„Was ist dabei", hatte Mose gesagt, „was ist dabei, wenn Wasser abläuft und wiederkommt und abläuft und wiederkommt? Das findet auch in meiner Badewanne statt." Doch nun stand er auf dem Deich und sagte: „Beeindruckend! Das Wasser ist kaum noch zu sehen."

Hans-Peter sah ihn misstrauisch von der Seite an, aber Mose hatte es ganz ernst gemeint. Schon zog er Schuhe und Strümpfe aus und krempelte die Hosenbeine hoch. „Wir hätten ein Handtuch mitnehmen sollen", murrte er. „Ich denke, du kennst dich hier aus."

Sie gingen die Treppe hinunter ins Watt und direkt auf den Horizont zu, auf die schmale Linie, wo der Himmel, die Schaumkronen des ablaufenden Wassers und der nass glänzende Sand zusammentrafen.

Mose hielt erst inne, als sie am Saum der ablaufenden Nordsee standen und das Meer ihre Füße umspülte. Als das Wasser wieder stieg, gingen sie zum Deich zurück, Mose mit Bedauern und so widerstrebend, dass Hans-Peter ihn mehrfach auf die Gefahren des schnell rücklaufenden Wassers hinweisen musste. Dann aßen sie, Hans-Peters Ritual folgend, frisch gebratene grüne Heringe.

Mose blieb beim Essen recht einsilbig. Erst als der Kaffee kam, sagte er: „Weißt du, was ich eben gelernt habe? Die Ebbe ist unser Leben! Sie ist der Schlüssel! Alles, was geschieht oder geschah, in allem auf der Welt, es ist immer ein Kommen und Gehen, ein Steigen und Fallen, so wie Ebbe und Flut!"

„Das macht die Seeluft", sagte Hans-Peter gleichmütig. „Daran bist du nicht gewöhnt. Diese Gedanken gehen vorüber."

Mose ließ sich nicht beirren. „Wir alle kommen aus der Flut! Sie trägt uns. Sie bringt uns. Sie setzt uns ins Watt und lässt uns allein. Uns gehört nur die Zeit der Ebbe! Wir können spielen, arbeiten, Musik hören …"

„– shoppen!"

„Ja, auch shoppen, aber irgendwann kommt das Wasser zurück, für jeden von uns ganz persönlich! Es lässt sich zunächst nur ahnen, dann zeigt es sich von ferne. Mit leisen Wellen und etwas Gischt kommt es näher, schließlich ist es bei uns, umspült uns, lässt nicht mehr locker, nimmt uns und trägt uns zurück. Von uns gibt es dann nur die Erinnerung."

„Im Watt jedenfalls bleibt nichts zurück", sagte Hans-Peter.

Mose überlegte und meinte dann: „Wenn irgendwann auch die Erinnerungen weggespült sind, dann ist man wirklich tot, vergessen, meine ich. Jetzt finde ich es ganz normal, dass Menschen, wenn sie alt geworden sind oder müde, sich auf das Meer, auf die nahende Flut konzentrieren, danach Ausschau halten, darauf warten und dann noch einmal ganz bei sich sein wollen. Die Wasser, nicht das Watt, sind für sie das Kommende, die Zukunft, der man entgegensieht. Alles, was im Watt passiert, was die Menschen dort tun, das ist für sie nicht mehr wichtig. In der letzten Stunde gehört der Wartende nur der Flut und sich selbst."

„Allerdings gibt es das ewige Leben."

„Das ewige Leben, das ist Ebbe und Flut! Kommen und Gehen! Die Ebbe gibt es nicht ohne Flut."

Hans-Peter seufzte. „Vielleicht wird die Medizin deine Flut irgendwann stoppen, sie umleiten, was weiß ich. Dann wären alle Menschen unsterblich."

„Nein!", widersprach Mose. „Irgendeiner oder irgendetwas wird das Ventil der Flut wieder öffnen, verlass dich darauf, und ein Strudel wird die wenigen, die sich Unsterblichkeit kaufen konnten, wegreißen, während sie noch schreien, dass sie einen Vertrag haben, einen Rechtsanspruch auf ein Weiterleben mit all ihrer Habe! Und dann: aus und vorbei!"

„Dieser Tag", sagte Hans-Peter auf der Rückfahrt zufrieden, „verlief etwas anders als gewöhnlich. Wenn künftig wieder einmal frisch gebratener Fisch mit weiß überzogenen Augen auf meinem Teller liegt, werde ich jedenfalls an dich denken, an dich – und an Ebbe und Flut."

Das Fremde wagen
Verbotene Rauchzeichen

Jens war nur für einen Tag in der Stadt. Seine Geschäfte hatte er schnell erledigt. Er nutzte die Zeit und besah sich das Residenzschloss, das Lessinghaus. Er ging durch die Stadt und fror.

Vor Jahren war in Wolfenbüttel ein Bekannter stationiert, doch die britische Rheinarmee gab es nicht mehr. Aus Neugier und Langeweile nahm er ein Taxi, um die Kaserne noch einmal zu sehen.

Die Gebäude waren noch so, wie er sie in Erinnerung hatte. Lang gestreckt und grau verputzt, dösten sie am Rande der Stadt.

Er ging durch das offene Tor bis zu den ehemaligen Fahrzeughallen. Vor den rostig-roten Resten einer Zapfsäule saß ein alter Mann mit brauner Haut und grau-wolligem Haar. Sie waren die Einzigen auf dem in der Hitze flirrenden, asphaltierten Platz.

Jens ging unschlüssig hin und her. Er fror noch immer. Schließlich nahm er eine Zigarre aus dem Etui, suchte vergeblich nach Feuer und sprach den Mann mit dem wolligen Haar an.

Der erhob sich wortlos, gab ihm ein Zeichen und ging voraus zu einem der niedrigen Gebäude mit Schieferdach. Unschlüssig folgte ihm Jens ins Haus.

Drinnen wichen Kinder und Frauen zur Seite, drückten sich in die Winkel des langen, kahlen Flures, sahen ihnen nach. An der Wand hing ein Schild: „Asylunterkunft – Verwaltung – Rauchen verboten!"

Der Alte ging bis ans Ende des Flures, öffnete eine Tür. In dem Raum standen nur zwei schmale Holzbänke ohne Lehne. Der Boden war vollständig mit großen und kleinen Teppichen ausgelegt.

Jens war irritiert. Er sah den Alten fragend an, zeigte nochmals auf die Zigarre. Er wollte nicht eintreten. Er wollte nur Feuer.

Die Einladung wurde wortlos wiederholt. Jens seufzte und begann, seine Schuhe aufzuschnüren, denn das wurde wohl von ihm erwartet, doch der Alte unterbrach ihn, berührte ihn am Arm, und sie traten ein. Schweigend saßen sie sich auf den Holzbänken gegenüber.

In seiner Ratlosigkeit und weil er nicht wagte, seine Schuhe wieder zuzubinden, reichte Jens dem Alten nochmals sein Etui mit den Zigarren, und diesmal zog der Alte eine davon heraus. Er rollte sie leicht zwischen den Fingern und lächelte, ohne aufzusehen.

Die Tür bewegte sich. Schritt für Schritt füllte sich der Raum mit Kindern, schwarz, vorsichtig, ernst. Es waren jetzt schon acht oder neun.

Nach den Kindern kam das Feuer, eine normale Streichholzschachtel, die eine junge Frau Jens mit beiden Händen überreichte.

Die Kinder beobachteten, wie der Alte und er die Zigarren beim Anzünden ohne Hast drehten, bis sie an der Spitze zu glühen begannen. Ihre Augen folgten den zarten Schleifen des Rauchs.

Die Frau saß neben ihm. Er spürte ihre Wärme.

Ein Junge näherte sich zögernd, die anderen Kinder lachten, und er kletterte auf Jens' Schoß. Als dieser es zuließ, lachte auch die junge Frau, und die Kinder klatschten in die Hände. Nach einer Weile befühlte der Junge Jens' Bart.

Der Alte sah aus dem Fenster auf die rostig-roten Reste der Zapfsäule. Die Kinder hockten auf den Teppichen. Es war jetzt eine Stille im Raum, eine Schwerelosigkeit, die keiner Worte bedurfte.

Mit dem Taxi fuhr Jens zurück zum Marktplatz.

Er ging durch die Stadt und fühlte sich leicht und froh.

Harzreise
Noch mehr Türen, die sich öffnen

Über dem Brocken drängten sich die ersten
Gewitterwolken. Schwarz zogen sie hinter der
ehemaligen Stasi-Zentrale herauf. Über der Öde, wo
noch Jahre nach der Wende die Baracken der Russen
gestanden hatten, sah er die ersten Blitze.

Er saß auf der Terrasse der Bahnhofswirtschaft.
Niemand beachtete ihn, niemand drängte ihn.

Schließlich schlenderte er zu dem offenen Bahnsteig
und wartete inmitten von Hunderten Brockenbesuchern
auf die Einfahrt des Zuges, hinunter nach Wernigerode.
Erste Regentropfen fielen. Schirme wurden aufgespannt.
Langsam schob sich die Dampfbahn heran. Als sie mit
einem „Puff-puff" quietschend zum Stillstand kam, stand
er zufällig vor einem Waggon mit offener Plattform.

Der Regen fiel jetzt wie aus Kübeln. Die Menschen
drängten in die Wagen. Prasselnd schlugen Hagelkörner
auf das Blechdach. Sein Waggon war überfüllt und
feucht. Er hockte auf einem Notsitz, umgeben von
Kinderwagen und Rollstühlen und von mehreren
Mädchen und Jungen, die von Betreuerinnen begleitet
wurden. Mit den Kindern so nahebei wandte er sich ab
und sah aus dem Fenster.

Der Zug ruckte an, fuhr schaukelnd und pfeifend zu Tal.
Regen schlug an die Scheibe, lief schräg über das Glas
und verzerrte den Blick auf die langsam
vorbeiziehenden Bäume, Wege und Felsen.

Aus den Augenwinkeln bemerkte er, dass eines der
Mädchen aus der Gruppe, das mit den großen Augen,

einer etwas schief sitzenden Rundbrille und braunem Haar, sich ihm zögernd näherte. Er rührte sich nicht, sah das Mädchen aber im Spiegel der Fensterscheibe auf sich zukommen.

Er sah noch angestrengter hinaus und spürte es doch, als es bei ihm stand. „Kann ich mich neben dich setzen?", fragte es.

Erst wollte er so tun, als fühle er sich nicht angesprochen, doch dann wandte er den Kopf. Das Mädchen sah ihm direkt ins Gesicht. In kurzen Abständen zuckte der Mund. Die Beine über den Ringelsöckchen waren blass.

Er hatte nur einen schmalen Notsitz, einen zum Klappen. Er rutschte fast in den Heizungsspalt, aber das Mädchen saß nun bei ihm, schlug die Beine übereinander, kramte in einer umgehängten Tasche, rutschte noch dichter heran, kramte erneut in der Tasche und sah zu ihm auf. Er klebte schon direkt an der Wand des Waggons, es war ihm unmöglich, mehr Abstand von dem Kind zu gewinnen.

Nach einer Weile und im Rumpeln und Wiegen des Zuges lehnte das Mädchen sich zaghaft an ihn. Er wagte nicht, sich zu bewegen, und spürte schon bald eine Wärme, die Erinnerungen in ihm weckte. Er hätte gern seinen Arm um das Kind gelegt und wäre für den Rest der Fahrt so sitzengeblieben. Er verstand nicht alles, was das Mädchen sagte, denn es erzählte viel und sprach sehr schnell, aber ihm reichte es zu wissen, dass es da war und mit ihm sprach.

Er bemerkte ein Pappschild, das es um den Hals trug: ein Foto, ein Name: Nadine Sommer aus Eisenach, 10 Jahre alt.

Aus ihrer Tasche holte Nadine einen sehr großen Lolli, der wie die Kelle eines Bahnhofsvorstehers aussah. Sie drehte ihn von Grün auf Rot und wieder auf Grün. Als sie ihn fragte, antwortete er, am liebsten sei ihm das Rot.

„Das mag ich auch", sagte sie und legte den Lolli zurück in die Tasche, denn Rot, erklärte sie ihm, bedeute, dass sie ihn auf der Fahrt noch nicht lutschen würde.

Ihnen gegenüber saß ein anderes Mädchen, auf dem Schoß einer Betreuerin, mit baumelnden dünnen Beinen. Tara. Wenn ihr ernster Blick aus braunen Augen ihn streifte, fühlte er sich ganz eigentümlich berührt. Ein Auge konnte sie nicht vollständig öffnen, ihre Daumen waren wie verkrümmte Finger und das Strahlen, das ab und zu ihr Gesicht erhellte, kam und verging, ohne ihre Augen mitzunehmen.

Als sie durch einen Tunnel fuhren, spreizte Tara mit einem langgezogenen Schrei die Finger vor dem Gesicht. Nadine war sofort vom Sitz gerutscht. Er erschrak, als sie ging, aber sie beugte sich nur kurz zu Tara und saß schon wieder neben ihm. „Ich habe ihr gesagt, dass der Tunnel gleich vorbei ist", flüsterte sie in sein Ohr, warm und vertraut.

Tara hielt die Hände jetzt ruhig im Schoß und rieb sanft mit kleinen Lauten ihre Nase am Hals der Betreuerin. Hätte er in diesem Augenblick einen Wunsch frei gehabt, er hätte mit der Betreuerin tauschen wollen.

Der Regen hatte aufgehört. Die Sonne schob sich durch die Wolken.

Der Zug hielt in Westerntor. Es ging alles ganz schnell. Nadine war schon draußen, Tara wurde gerade aus dem Zug auf den Bahnsteig gehoben.

Als die Lok langsam und pfeifend wieder anzog, ging er hinaus auf die offene Plattform und rief ganz laut, was sonst nicht seine Art war: „Tschüs, Nadine! Tschüs, Tara!"

Der Zug dampfte in eine flache Rechtskurve, da erkannte er über all den Erwachsenenköpfen auf dem immer kleiner werdenden Bahnsteig den Lolli. Er wurde hin und her geschwenkt und war so gedreht, dass er die Farbe erkennen konnte: Er zeigte Grün. Nadine hatte an den Lolli gedacht. Und auch an ihn.

Er ging zurück in sein Abteil. Der Notsitz war nun viel zu breit für ihn, und ihm gegenüber, dort, wo Taras Augen gewesen waren, dort saßen jetzt Fremde.

Er sah wieder aus dem Fenster, aber alles hatte sich verändert, der Brocken, die Bäume, sogar die Dampfbahn.

Die Sonne schien, aber die Wärme war vergangen.

Froschkonzert
Schade, wenn man zu früh aufwacht

Auf dem kleinen Messingschild an der Lehne der grün gestrichenen Holzbank stand unvollendet „gestiftet von".

Robert setzte sich. Er sah auf seine Armbanduhr und wartete, bis vom Turm der hinter einer langen Pappelreihe kaum erkennbaren Backsteinkirche zehn Schläge herüberkamen.

Seine Kolleginnen und Kollegen bestellten auf der Terrasse des Landgasthofs gerade ihre Getränke. Er hob die Stimme und rief ihnen zu: „Ich komme gleich. Ich muss noch telefonieren!"

Dann wandte er sich wieder dem Teich zu, der in der einsetzenden Tageshitze kühl im Quaken der Frösche vor ihm lag.

Er hörte das Lachen von der Terrasse her und zog, da er zu schwitzen begann, seine Jacke aus und legte sie sorgfältig über die Lehne der Holzbank, die er zuvor mit der linken Hand kurz abgewischt hatte, das Smartphone in der rechten.

Robert telefonierte nicht. Er wollte es auch nicht tun. Es war nur eine Ausrede gewesen.

Er stützte die Arme auf die Knie, ohne die Bügelfalten einzuebnen, und blickte vornüber gebeugt auf die Augen der Frösche zwischen der Entengrütze.

Es war gerade erst geschehen. Vor wenigen Minuten hatte er ganz unverhofft das Gefühl von Geborgenheit verloren, und mit der Geborgenheit, die in ihm und um ihn war, seit er sich erinnern konnte, war die Zuversicht verschwunden, die er für alle, die ihn kannten, so selbstverständlich lebte.

Er war die Verkörperung von Kraft und Erfolg und stand nun, nie zuvor erlebt, in einer Leere, die ihm Angst machte.

Er klammerte sich an die Schläge der Turmuhr und an das Quaken der Frösche. Er bildete sich ein, sie würden ihm etwas zurufen. Aber was konnten sie ihm schon sagen, was er nicht ohnehin wusste, er bloß nicht an sich heranlassen wollte? Hockten sie nicht in einem Tümpel, ahnungslos und dumm?

Er versuchte sich zu entspannen. Die Sonne schien warm.

Als die Angst schließlich nachließ, blieb er sitzen, in Sorge, die Kollegen könnten in seinem Gesicht, in seiner Körperhaltung lesen, seine verlorene Energie bemerken und falsche Schlüsse daraus ziehen.

Er hatte die Brille abgenommen, um sich über die Augen zu wischen, um alles wegzuwischen, aber er konnte auch in der spiegelnden Klinge seines Taschenmessers keine Veränderungen in seinem Gesicht erkennen.

Er zuckte zusammen, als die Controllerin ihn durch die Büsche hindurch ansprach. Dann kam sie um die Hecke herum, und Robert dachte NEIN und sah unverwandt auf die Frösche. Aber sie kam nicht näher, sagte nur: „Martin fängt schon mal an, Sie haben also noch ein wenig Zeit, Robert."

„Ja, ja", dachte er und hob kurz die Hand, und sie ging zu den anderen zurück.

Auf der Terrasse verstummten das Lachen und das Durcheinander der Stimmen.

Martins Worte erreichten Robert hinter der Hecke so klar, dass er unwillkürlich dessen Gedankengängen zu folgen begann, sie mit seinen eigenen Auffassungen abglich und verknüpfte und auf diese Weise wider Willen dazu kam, sich auf der grünen Holzbank seitwärts zu drehen und der Terrasse zuzuwenden. Schließlich nahm er die Jacke auf, zog sie an, wobei sein Smartphone sich im Ärmelfutter verhakte.

Der Teich war nur noch ein Teich, schattig verborgen, mit quakenden Fröschen und ihren unzähligen Augen zwischen dem Grün der Wasserlinsen.

Robert stand auf und ging behutsam, um Martin nicht zu stören, auf seinen Platz, wo er sich sogleich zurücklehnte und dem bereitstehenden Kellner seine Bestellung aufgab.

Vorfreude auf Weihnachten
Eiszeit

Es war die letzte Woche vor Weihnachten. Die Bäume an der Straße standen nass unter einem grauen Himmel. Das Reisig der Birken hatte sich hinter die Scheibenwischer der auf dem Parkplatz des Einkaufszentrums gebührenfrei abgestellten Wagen gehakt.

Manfred hatte das Kind seiner Schwester an der Hand. Es sträubte sich allerdings und folgte ihm nur widerwillig. Nein. Es wollte keinen Bummel durch ein Einkaufszentrum machen. Es wusste doch längst, was es zu Weihnachten haben wollte und mit Sicherheit bekommen würde.

Genau genommen hatte Manfred diesen Weihnachtsbummel für sich selbst vorgeschlagen. Er wollte eine Erinnerung beleben, die sich warm in ihm gespeichert hatte, wie er vor vielen Jahren mit seinem eigenen Kind hier war, beide voller Vorfreude.

Das Einkaufszentrum war inzwischen umgebaut und eine lange ‚Meile' aus Marmor, Licht und Glas geworden. Nach Neujahr würde es in ‚Mall' umbenannt werden. Überall hingen Plakate mit fröhlichen Gesichtern und der Lockung: „make a wish".

Das Kind wollte nicht mehr an seiner Hand sein. Es hatte die Mundwinkel nach unten gezogen und die Hände in die Taschen gestopft. Nix make a wish. Nix Weihnachtsbummel in den falschen Shops.

Sie liefen durch den breiten Hauptgang und kamen an die „Plaza". Ein Weihnachtsmann, fast verloren in der hastenden Menge, stand mit schwarzen Stiefeln auf teuren Bodenfliesen vor spiegelnden Scheiben. „Ich komme aus der Winternacht ..." Über ihm hing ein Adventskranz, groß, mit bunten Schleifen. Seine Lichter blinkten rot und grün und gelb und blau.

Manfred holte sein Smartphone aus der Tasche, wollte das Kind zusammen mit dem Rotmantel fotografieren. Doch das Kind sträubte sich, wollte nicht hin zu ihm. Wozu auch? Es wusste, wo und wie und von wem seine Wünsche erfüllt werden. Ein Weihnachtsgedicht musste es längst nicht mehr aufsagen. Der Rotmantel war ein paar Nummern zu klein für die Erwartungen des Kindes. Schließlich zog Manfred das Kind in einen Laden, und dort wurde es endlich etwas lebhafter. Viele Angebote kannte es aus dem Internet.

Eine Verkäuferin, die Augen strahlend getropft, kam heran. „Ich bin die Sandy. Ich zeige dir alles, was du möchtest." Sie malte dem Kind einen Smiley mit Weihnachtsmannmütze auf den Handrücken.

Dann kam sie auch zu Manfred. Er starrte ihr entgegen. Die Augen der Frau trübten sich. „Bald ist Weihnachten", murmelte sie und kam nicht näher.

Manfred sah die Preise an den Warenbergen auf den endlosen Regalen und schob sich in der Menge der Käufer voran. Abrupt blieb er stehen. Wo war das Kind? Er konnte es nicht mehr sehen. Überall bunt-volle Regale und viel zu viele Menschen ringsum.

Er rief. Er rief lauter. Er schrie, lief hin und her, an den Regalen entlang, sah in die Gänge. In einem stand plötzlich die Verkäuferin: „Sie machen es richtig: Man muss immer in Bewegung sein!"

Hinter dem letzten Regal klappte eine Tür. Manfred hörte es und rannte los. Es gab nur diese eine Tür. Er stieß sie auf, stand in einem Gang mit kahlen weißen Wänden.

Er zögerte, rief den Namen des Kindes, ging immer weiter. Der Gang wurde zu einer Halle, kreisrund und so hoch, dass er die Nachtwolken sehen konnte.

Manfred drehte sich um, wollte zurückeilen, doch um ihn herum waren überall Wände. Sie waren aus Eis, aus turmhohem Eis. Er bekam Angst und schrie wieder nach dem Kind.

Vor dem tropfenden Eis der Wände kaum zu erkennen, stand die Verkäuferin. „Kann ich Ihnen helfen?", fragte sie lächelnd, „ich bin die Sandy", und sie malte ihm einen Smiley mit Weihnachtsmannmütze auf den Handrücken.

„Ich suche das Kind", stammelte er.

Die Verkäuferin zeigte stumm nach oben. Das Kind hing an einer Eiswand, pendelte an einem roten Seil hin und her, lachte und winkte.

Vor dem Kind erkannte er hoch über dem Boden eine Öffnung, eine Art Fenster, durch die jetzt Raben ausflogen. Ihre Rufe füllten die Halle bis hinauf zu den Nachtwolken.

Als das Kind durch die Öffnung in die Wand hineinkletterte, geriet Manfred in Panik und packte die Verkäuferin am Arm.

Sie wies wortlos auf ein Seil, das neben ihm hing. Ohne Zögern griff er danach und begann zu klettern. „Reicht es bis oben hinauf?" Er war schon außer Atem.

„Besser nicht", lachte die Frau. „Sie könnten sonst hinter unsere Kulissen sehen."

Endlich hatte er die Öffnung erreicht. Eisige Luft fuhr ihm entgegen. Als er im Schacht Halt gefunden hatte und das Seil losließ, zerfiel es, und seine Reste splitterten beim Aufschlagen in der Tiefe.

Er wagte nicht, sich zu bewegen. Das Kind kam auf Händen und Knien zu ihm gekrochen. Es weinte und kicherte und erzählte, und seine Augen waren starr dabei. Er nahm es in den Arm, damit es ruhiger wurde.

„Ich krieche weiter hinein", murmelte er schließlich. „Warte hier."

Das Kind sträubte sich. „Geh nicht! Sie sitzen da, alle drei."

Dennoch schob er sich tiefer in den Eisgang hinein. Nach wenigen Metern schon wurde es warm. Und es stank. Wärme und Gestank kamen aus einem Raum schräg unter ihm. Drei saßen dort an einem Tisch, so, wie das Kind gesagt hatte: ein freundlicher Alter, eine stämmige Frau, die ihm den Rücken zukehrte, und auch der Rotmantel von vorhin.

Manfred wollte sich gerade aufrichten, sich bemerkbar machen, da sagte der freundliche Alte etwas zu der stämmigen Frau und schob dabei die Zungenspitze zwischen weiß schimmernde Zähne.

Die Frau zog ihren Mantel fester zusammen, und er meinte zu hören: „Er will wohl beten, nicht zum ersten Male, aber er weiß nicht, zu wem."

Der Rotmantel lachte. Er trug keine Rute bei sich, und sein Sack enthielt weder Äpfel noch Nüsse noch Mandelkern.

Als das Kind eine Warnung in den Gang schrie, waren die Raben schon heran. Sie füllten den Gang mit schwarzem Flügelschlag und mit Geschrei.

Manfred flüchtete zwischen den um sich schlagenden Vogelleibern hindurch zurück und sah, dass das Kind versuchte, immer neue Raben abzuwehren, dabei ausglitt, strauchelte und plötzlich in die Tiefe stürzte. Ohne zu überlegen, sprang er ihm nach.

Eine Verkäuferin kam lächelnd auf sie zu. „Hallo", sagte sie, und ihre getropften Augen strahlten. „Ich bin die Sandy. Kann ich euch helfen?", und sie wollte ihnen Smileys mit Weihnachtsmannmütze auf die Handrücken malen.

Manfred zitterte, das Kind weinte. Er nahm es auf den Arm, und es schmiegte sich an ihn, so wie früher sein eigenes Kind. Die Augen der Verkäuferin wurden trübe. „Bald ist Weihnachten", murmelte sie, „alles wird gut."

Er nahm das Kind, wollte nur noch weg aus dieser Einkaufsmeile aus Marmor, Licht und Glas, die bald ‚Mall' heißen würde.

Am Ausgang zu den Parkplätzen stand der Rotmantel im Regen und rauchte, unbeachtet und lustlos.

Manfred hastete an ihm vorbei, das Kind fest auf dem Arm. Als sie den Parkplatz erreichten und er es absetzen wollte, spürte er den Atem des Kindes ganz nah an seinem Ohr und es flüsterte:

„Der Weihnachtsmann ist traurig. Wenn er zu mir kommt, will ich ein Gedicht für ihn aufsagen und ihn trösten."

Weihnachten
Ein Wunder

Er hatte Mose eingeladen, mit ihm an die Nordsee zu fahren. Weihnachten sei für ihn doch ohnehin ein Tag wie jeder andere.

Vor zwei Jahren, sie waren sich noch nicht begegnet, war er am Heiligabend zum ersten Mal in seinen Wagen gestiegen und nirgendwohin unterwegs gewesen. Damals hatte er seine Arbeit verloren.

Im letzten Jahr, als ihn in der Woche vor Weihnachten seine Frau verließ, fuhr er am Heiligabend auf der Autobahn bis Flensburg, zweimal hin und zweimal zurück.

Nun also war Mose bei ihm.

Über Landstraßen ging es Richtung Tönning. Vor sich hatten sie den weiten Horizont und schnell treibende schwarze Wolken. Der Regen prasselte gegen die Scheiben des Wagens. Er verwischte die Konturen der Gehöfte mit den kahlen, in Jahrzehnten schräggewehten Bäumen.

Schmal und fern lag der Deich. Schafe standen in der einsetzenden Dämmerung unbeweglich wie Fels.

Die Männer störte das Wetter nicht. Sie hatten keine Eile. Sie genossen die Unwirklichkeit der Landschaft hinter den beschlagenen Scheiben, die sie immer wieder freiwischen mussten. Nirgendwo sahen sie Menschen oder andere Fahrzeuge.

Er schaltete die Scheinwerfer ein.

Aus dem CD-Player fügte sich Mikis Theodorakis harmonisch ein in diese stille Flucht und in die graue, nasse Landschaft hinter dem Deich. Überraschend kamen ihnen drei Kinder auf Fahrrädern entgegen, triefnass, ein Erwachsener dabei, schwer die Pedalen tretend.

Die Straße nahm kein Ende. Mose starrte auf die Karte. Sie hatten sich verfahren. Sie fuhren noch eine Weile geradeaus und suchten dann den Weg zurück. Mose entdeckte die Fahrräder. Sie standen aufgereiht vor einem Gasthof, dessen helle Fenster mit ihren weihnachtlichen Lichterbögen die Weite ringsum erwärmten.

Einen Augenblick war er unaufmerksam. Seine Scheinwerfer erfassten ein kleines Tier, das ihnen mit aufleuchtenden Augen entgegensah, dann ein doppelter Schlag unter dem Wagenboden, nicht allzu stark. Er erschrak, blickte sofort in den Rückspiegel, doch da war nur die Dunkelheit.

Mose zeigte auf den Straßenrand. In den Regenfluten kaum zu erkennen, stand eine massige Frau in dunkler Kleidung, das Kopftuch tief in die Stirn gezogen.

Im Vorbeifahren meinten sie wahrzunehmen, dass sie nicht nur keinen Schirm über sich hielt, sondern, noch absurder, dass die beiden hellen Flecken ihre schuh- und strumpflosen Füße waren.

Sie hatten weder ein Haus noch eine Bushaltestelle gesehen. Mose meinte, es gäbe sicher eine Anstalt in der Nähe oder ein Heim.

Vielleicht war es wegen des kleinen Tieres mit den leuchtenden Augen, das sie überfahren hatten, jedenfalls bremste er und wendete. Überrascht sahen sie, dass der Regen gerade jetzt in Schnee überging, der schnell dichter wurde. Die Fahrbahn war schon weiß.

Die Frau wollte, als der Wagen neben ihr hielt, ohne Umstände auf den Beifahrersitz, so dass Mose zwischen den Sitzen hindurch auf die Rückbank klettern musste. Mit der Frau kamen Enge und Nässe, und die Scheiben beschlugen erneut.

Beide Männer starrten auf ihre Beine. Sie waren mit Binden umwickelt, die ihre Füße freiließen. Schuhe trug sie tatsächlich nicht. Wortlos wies die Frau nach vorn. Beim Anfahren rutschte der Wagen. Mühsam schoben die Scheibenwischer die Flocken zur Seite.

„Wohin wollen Sie?", fragte er.

Die Frau reagierte nicht. Aus den Augenwinkeln prüfte er ihr Gesicht. Er bereute es, sie mitgenommen zu haben. Der Wagen begann sich mit einem unangenehmen Geruch zu füllen, den auch das Öffnen des Seitenfensters nicht mildern konnte. Von Mose auf der Rückbank kam kein Laut.

Er erschrak, als die Frau unvermutet sprach.

„Probleme?", fragte sie. Sein Blick blieb auf die Fahrbahn gerichtet.

„Keinen Job mehr", antwortete er widerwillig und fuhr etwas langsamer, des Schneefalls wegen. Er hoffte, sie würde ihm ein Zeichen geben und endlich wieder aussteigen.

„Vielleicht setze ich sie am Gasthof ab", dachte er und sagte wider Willen: „Keinen Job mehr und keine Frau mehr."

Die Flocken wirbelten aus der Nacht in das Licht der Scheinwerfer und legten sich auf das flache Land.

Die Frau hustete. „Hoffnung", sagte sie schließlich. „Die Hoffnung muss man bewahren. Sie ist das Grau zwischen dem Schwarz."

Er schwieg. Von der Rückbank kam ein gleichmäßiges Atmen.

Mit dem Daumen zeigte die Frau nach rechts. Aber hier war noch nicht der Gasthof. Links und rechts gab es nur weißgeschneite Hecken. Er fuhr in eine Lücke, wohl die Einmündung eines Feldweges, fast zugeweht.

Während er noch überlegte, ob er dort überhaupt wieder herauskommen konnte, beugte sich die Frau zum CD-Player, und als er ihr zuvorkommen wollte, denn es war ein sehr teures Gerät, war sie schneller als er, und das Display wurde dunkel unter ihrer Hand. Mikis Theodorakis brach ab, aus den Boxen erklang ein Rezitativ, das er kannte:

Dann wird das Auge des Blinden sich auftun, und das Ohr des Tauben wird hören …

Er bremste. Dieser Weg war nicht befahrbar. Während er, nach links aus dem herabgesenkten Fenster gebeugt, versuchte, den Graben zu erkennen und dabei den Rückwärtsgang einlegte, verließ die massige Frau den Wagen und drückte die Beifahrertür ins Schloss.

Als er es bemerkte, wollte er *Nein!* rufen, *nicht aussteigen, hier sind wir falsch,* aber er blieb sitzen und hörte, über den Beifahrersitz hinweg in die Nacht starrend, auf die Klänge, die dem Rezitativ folgten:

Er weidet seine Herde, dem Hirten gleich, und heget seine Lämmer so sanft in seinem Arm …

Die Frau musste irgendwo in der Dunkelheit zwischen den Büschen sein. Er zögerte. Seine Schuhe und

Strümpfe wollte er im Schnee nicht nass werden lassen. Lieber zog er sie aus, rollte die Hosenbeine hoch, löschte die Scheinwerfer, um draußen nicht geblendet zu werden, verließ den Wagen und stapfte, nur mit einem Feuerzeug als Lichtquelle, hinaus in die Stille der Heiligen Nacht.

So stand er im Schnee, barfuß, frierend, ohne Jacke und Mantel, schirmte das Licht des Feuerzeugs und rief nach der Frau.

Doch es gab an der Beifahrerseite keinen Weg, kein Haus und keine Spur.

Er stieg in den schneebedeckten Schlamm des Grabens und wagte sich bis an die Büsche heran.

Es war ringsum so still und leer, dass er beklommen zum Wagen sah, in dem sich nichts rührte, und das Feuerzeug löschte. Es fielen kaum noch Flocken. In das Schwarz der Nacht hatte sich ein Grau geschoben, ein helles Grau.

Barfuß setzte er den Wagen zurück auf die Straße. Aus den Boxen klang wieder Mikis Theodorakis. Der strenge Geruch war verschwunden. Tönning war kein Ziel mehr für ihn.

Er drehte sich nach hinten zu Mose. „Komm wieder nach vorn", sagte er. „Wir fahren zurück."

Doch Mose hatte die Schuhe ausgezogen und die Beine hochgelegt. Er schlief.

Als sie an dem Gasthof vorüberkamen, waren seine Fenster noch erleuchtet.

Maria
Über uns die Ewigkeit

Sie waren verabredet, Edgar und Maria. Sie waren verabredet in der Altenteilerstube des Hauses Heydenreich im Museumsdorf Molfsee bei Kiel.

Der Regen prasselte gegen das breite, zweiflügelige Tor.

Edgar schaltete sein Handy aus, trat in die hohe Diele und lehnte seinen nassen Schirm gegen die Wand. Dann sah er sich erst einmal um.

Das Haus Heydenreich war gefangen in ewiger Dämmerung. Sein Holz bewahrte den Staub der Jahrhunderte. Den Boxen, in denen einst Pferde und Kühe standen, folgte der Wohnbereich. Die Altenteilerstube lag neben der Küche.

Edgar betrat die Küche. Ein Mann mit schwarzer Sonnenbrille stand vor dem alten Kohleherd. „Noch nicht", sagte er und hob die Hand. „Die Bischöfin und der Erzbischof sind noch drin."

Durch das Küchenfenster sah man zwei graue Limousinen, und hinter ihren Scheibenwischern erkannte er Chauffeure.

Zu dem Security-Mann sagte Edgar: „Meinen Wagen durfte ich nicht mitbringen, trotz des Regens."

„Na und?", erwiderte der Mann gleichgültig und stellte sich ans Fenster, wandte ihm den Rücken zu.

Der Regen schlug in die Pfützen, als würde Sand hineingeworfen. In den Räumen hing ein feuchter, muffiger Geruch. Der Mann mit der schwarzen Sonnenbrille horchte.

„Ich glaube, Sie können gleich rein, aber leise, ruhig und ohne Hektik."

„Wie ist diese Maria denn so?", fragte Edgar.

„Sie haben fünf Minuten", sagte der Security-Mann. „Nebenan ist eine Garderobe. Ziehen Sie die Filzschuhe an. Ihre nassen Treter lassen Sie einfach stehen. Dann bleiben Sie dort und warten, bis ich Sie rufe. Sie müssen hier nicht herumlungern, wenn die Bischöfe rauskommen. Oder der Junge."

„Welcher Junge?"

„Ein Junge eben."

Edgar zog gerade seine Schuhe aus, als nebenan eine Tür geöffnet wurde. Ein Junge kam in die Diele geschlendert, vielleicht acht oder neun Jahre alt.

„Gleich sind Sie dran", sagte er.

„Das will ich doch hoffen", murmelte Edgar. „Sind die Bischöfe weg?", und er mühte sich, einen Knoten aus den Schnürsenkeln zu lösen.

„Die Bischöfe haben ihre Schuhe anbehalten."

„Ja, die. Und wer bist du?"

„Gehen Sie nicht so dicht an sie heran."

„An wen? An Maria?"

„Eben hat sie der Bischöfin eine gescheuert, müssen Sie wissen. Ihre Brille flog bis unter den Schrank. Erst dachte ich, die würde zurückschlagen, sie wurde aber nur knallrot im Gesicht. Schade. Und sie hat nicht Danke gesagt, als ich ihr die Brille wiedergegeben habe."

„Was redest du da? Maria ohrfeigt doch nicht eine Bischöfin!"

Der Junge lachte. „Der Erzbischof sollte eigentlich auch etwas abbekommen, aber der ist ganz schön flink."

Der Mann mit der Sonnenbrille sah um die Ecke. „Wo bleiben Sie denn? Ihre Zeit läuft!"

Vor dem Küchenfenster glitten die grauen Limousinen durch den Regen. Der Junge drängte sich an ihm vorbei ins Zimmer. Auf dem Fensterbrett blühte eine Geranie. Maria saß auf einem Sofa an der linken Wand, dem Fenster gegenüber.

„Nur noch vierkommafünf Minuten", sagte sie freundlich und hatte Fünkchen in den Augen.

Edgar starrte sie an. „Nur noch vier Minuten", sagte Maria.

Als er seine erste Frage stellen wollte, kam sie ihm zuvor. „Ich weiß schon", sagte sie nachsichtig, „aber bedenken Sie, ohne Körper wäre der Heiland Geist geblieben, und mit Geist allein kann man die Menschen nicht erreichen, damals nicht und heute auch nicht. Wir haben das Gefäß geschaffen, das Gefäß für Ihn, der niemals zeugt und nicht gezeugt wurde."

Er war verwirrt. Hatte Maria aus dem Koran zitiert? Er war sich nicht sicher.

„Die Pforte des Todes", fuhr Maria fort. „Er hat auf Ihn gewartet."

Es entstand eine Pause. Er starrte sie immer noch an. Er hatte so viele Fragen und so wenig Zeit. Schließlich räusperte er sich. „Warum ohrfeigen Sie eine Bischöfin?"

Überrascht und missbilligend sah Maria auf den Jungen, der unbefangen mit den Beinen baumelte.

„Demut", sagte sie, „Barmherzigkeit, Nächstenliebe. Die Menschen sind verletzlicher als Schafe. Sie müssen aus tiefem Verzeihen heraus geweidet werden, nicht weggeschoben und zerstreut."

„Und die Peitsche, mit der Ihr Sohn Menschen, die Händler waren, aus dem Tempel trieb?"

„Unser Sohn", erwiderte sie, „musste sie vertreiben, damals, sie waren wie Nacktschnecken an einer Bierschale. Es waren nicht die Menschen. Es war ihr Tun. Es war das Geld."

„Mit der Peitsche?"

„Natürlich", sagte Maria. „Sender und Empfänger müssen zueinander passen! Aber die Händler sind zurück. Ihr lasst sie eure Seelen fressen und die eurer Kinder dazu."

„Warum", fuhr Maria fort, „wollt ihr hinein in ferne Lichter? Dahinter ist nichts. Dort aber, wo der Weg zu einem Pfad wird und fast schon zu Ende scheint, führt er in die Weite."

Sie erhob sich. Sie war etwas größer als er. „Aber an eurer Seite", sagte sie, „ist immer der Todesengel, der über jeden von uns gesetzt ist. Er beschützt euch, bis ihr mit ihm zurückkehrt, jeder für sich allein. Dann seid ihr frei."

„Können wir wirklich niemals mehr zurück?"

„An der Hand des Todesengels will das niemand mehr. Ein Dienstwagen mit Chauffeur, Kleidung und Schmuck oder eine Kreuzfahrt sind kein Teil der Ewigkeit. Sie können die Flamme der Liebe nicht entzünden." Eine Locke war Maria in die Stirn gefallen.

„Sind Sie traurig?", fragte er zögernd.

Maria senkte den Kopf.

Der Junge sprang vom Stuhl. „Ihr lernt einfach nicht dazu", sagte er und schloss hinter Edgar die Tür. Er kam nicht mit hinaus.

Der Mann mit der schwarzen Sonnenbrille war nicht mehr an seinem Platz. Edgar wechselte die Schuhe. Ihm war, als habe er versagt, aber er wusste nicht, warum. Als er gehen wollte, bemerkte er, dass die Tür zu Marias Stube weit offen stand.

Die Filzschuhe noch in der Hand, trat er langsam näher. Der Raum war leer. Auf dem Fensterbrett blühte die Geranie.

In der hinteren Wand, neben Marias Sofa, befand sich eine niedrige Tür, die ihm vorhin nicht aufgefallen war. Er klopfte und öffnete sie. Dahinter lag eine fensterlose Kammer. Neben einem hochbeinigen Bett aus dunklem Holz stand ein Stuhl. Maria war nicht da und der Junge auch nicht.

Verwirrt trat Edgar zurück in die Stube und setzte sich auf das Sofa, auf dem Maria gesessen hatte. Er saß und wurde ruhig.

Als die Dämmerung begann, wurden die Augen ihm schwer, und er streckte die Beine aus. Da entschwebte er, sah hinab auf den blauen Erdball, von dem er sich ohne Sorge immer weiter entfernte, bis er ihm den Rücken kehrte angesichts des Universums, das vor ihm lag.

Das Haus Heydenreich verließ er durch die Küchentür, wie es vor ihm die Bischöfe getan hatten. Der Regen hatte aufgehört.

Es war Vollmond. Der Wind war kalt. Immer noch trug er die Filzschuhe in der Hand.

Endlich Rentner
Es gibt immer Türen, die sich öffnen lassen

Die Kollegen hatten ihm noch einmal die Hand gegeben. Nun stand er auf dem Firmenparkplatz, den Autoschlüssel in der Hand, und schloss nicht auf, stieg nicht ein, fuhr nicht los, wollte nicht nach Hause.

Die Kastanien blühten. Es war erst zwölf Uhr.

In kleinen Gruppen sah er seine Kollegen das Haus verlassen, sich nach rechts wenden, dem Italiener an der Ecke zustreben. Sie bemerkten ihn nicht. Er gehörte ohnehin nicht mehr dazu.

„Ich bin jetzt Rentner", dachte er und freute sich nicht. Seine eigene Abschiedsrede war erheblich zu ernst ausgefallen. Er hatte über die Freiheit des Ruhestands gesprochen und gesagt:

„Ich, liebe Kollegen, sehe der Freiheit, die mir bevorsteht, mit Beklemmung entgegen. Vielleicht ist sie nur ein Nichts, eine Illusion oder, genauer betrachtet, eine trübe Sinnlosigkeit."

Sie hatten sofort reagiert und gelacht. „Ausschlafen!", rief einer, „Reisen!" ein anderer. Sie waren fest davon überzeugt, ihm widerfahre mit dem Ruhestand Gutes. Er hatte etwas irritiert in die Runde gesehen. Ohne Zukunft konnte Reisen doch kein Ziel sein, allenfalls ein Zeitvertreib. Oder eine Flucht. Wie aber sollten sie ihm folgen können auf einem Weg, den er selbst noch nicht kannte und der sich doch vor seinen Augen wie unter fallendem Schnee mit Staub bedeckte, während er im dunklen Anzug vor ihnen stand und in seinem Redemanuskript blätterte?

Eigentlich hatte er hinzufügen wollen: „Für mich kommen jetzt die Monate und Jahre der sich schließenden Türen", es aber dann doch nicht ausgesprochen. Wie sollten sie es verstehen, er selbst hatte es bisher auch nicht verstanden, obwohl er in vielen Jahren unzählige Kolleginnen und Kollegen verabschiedet hatte.

Seine eigene Rede heute war misslungen. Gerade während er sprach, war eine der Lebenstüren zugefallen, er hatte es deutlich gespürt. Alles, was er jetzt noch sagen könnte, wäre belanglos gewesen. Deshalb hatte er sein Manuskript weggelegt und ohne weitere Worte das Glas gehoben. Sie hatten geklatscht, zuletzt sogar stehend, und nichts gemerkt.

Er legte seine Jacke in den Kofferraum, lockerte die Krawatte und sah auf die Uhr. Den Wagen ließ er stehen, zögerte noch, ging dann nach links, denn hier war er noch nie gegangen um diese Zeit.

Hinter der letzten Kastanie standen Tische in der Sonne. Sie waren alle besetzt. Ein Kellner lief hin und her, Stimmen, Lachen, Mittagspause, gleich würden sie zurückgehen in ihre Büros. Von seinen Kollegen war niemand hier.

Drinnen war ein kleiner runder Tisch frei, ganz hinten an der Wand, mit zwei Bierdeckeln stabil gehalten und mit einem braunen Holzstuhl, auf den er sich setzte. Zu seiner Erleichterung auch hier kein bekanntes Gesicht. Am Tisch vor ihm füllte eine Rothaarige sein Sichtfeld aus, breit und kräftig. Ihre Einkaufstüten belegten die Stühle.

Eigentlich war es Mittagszeit, aber er war zu leer, um hungrig zu sein. Seine Kollegen hatten die Mittagspause nicht ausfallen lassen. „Hätte ich auch nicht gemacht", dachte er und spürte erneut, obwohl er es nicht zulassen wollte, dass ihm etwas Vertrautes, vielleicht sogar sein Leben verloren gegangen war.

Die Rothaarige trank ihren Kaffee in sehr aufrechter Haltung, und er fühlte sich über ihren Becher hinweg gemustert. Er versuchte, an der Frau vorbeizusehen. Gerade hatte sie den Becher abgestellt, nahm die Kuchengabel, rieb sie mit der Serviette ab und schob Kopf und Schultern über den Teller, teilte ein Stück Torte ab. Ihren linken Arm stützte sie unter dem Tisch auf ihr Knie.

Ihren Rücken entlang fiel sein Blick auf eine noch junge Frau mit blassem Gesicht und lang fallenden hellen Haaren. Er starrte sie an, zunächst unbewusst. Sie saß nun einmal in seinem Blickfeld. Plötzlich sah sie auf. Hastig tat er, als krame er in seiner Hosentasche. Die Rothaarige vor ihm richtete sich wieder auf und verdeckte mit dieser Bewegung die Frau mit dem langen Haar.

Nun beugte er sich wie zufällig ein wenig zur Seite, aber er konnte nur erkennen, dass sie Tee trank und ein Buch dabei hatte.

Seine Gedanken gingen zurück zu den Kollegen, die jetzt beim Italiener zu Mittag aßen. Wer würde künftig auf seinem Platz sitzen? Vermissten sie ihn wenigstens heute noch?

Die Rothaarige hatte sich endlich wieder über ihre Torte gebeugt. Er bemerkte es erst, als er die Blicke der Frau mit dem hellen Haar spürte. Sie musterte ihn, ein wenig spöttisch, wie ihm schien.

Unwillkürlich setzte er sich aufrecht, lag nicht mehr leger im Stuhl, worüber die Kollegen sich so oft mokiert hatten. Sie sah ihn an und trank dabei einen Schluck Tee. Ihre Arme waren schlank und von einem hellen Braun, und er freute sich, dass er sich so unerwartet darüber freute.

Die Rothaarige vor ihm legte die Kuchengabel zur Seite und betupfte den Mund mit der Serviette. Dann griff sie nach dem Kaffeebecher und hielt ihn dem Kellner hin, der nickte und sich entfernte.

Die hellen Haare blieben verdeckt, doch als er sich wieder ein wenig seitwärts beugte, sah er, dass das Buch neben ihrer Tasse geschlossen war. Mehr konnte er nicht erkennen.

Er überlegte ernsthaft, ob es ohne Peinlichkeit möglich sei, der Rothaarigen ein weiteres Stück Torte anzubieten, denn gerade beugte sie sich über den Tisch und kratzte einen Rest der Sahne vom Teller.

Er hob den Blick. Die Frau mit den hellen Haaren auch. Er wurde verlegen. Er war Rentner, seit ein paar Stunden schon. Bestimmt sah sie es ihm an.

Die Sonne schien durch die Fenster und die Kastanien blühten.

Er spürte ein noch unbestimmtes, aber warmes Sich-Wohlfühlen. Vielleicht gab es nicht nur Türen, die sich schlossen. Vielleicht begann sich gerade jetzt eine Tür für ihn zu öffnen, eine Tür, die in den letzten Jahrzehnten durch Arbeit verdeckt und für ihn nicht mehr wahrnehmbar gewesen war.

Als er wieder zu der Frau mit dem hellen Haar hinsehen wollte, war ihr Platz leer. Er erschrak. „Ich mache mich lächerlich", dachte er und winkte dennoch dem Kellner, der es nicht bemerkte und zur Garderobe ging, eine braune Jacke vom Haken nahm.

Die Rothaarige beobachtete ohne Regung seine ungeduldigen Handzeichen, beugte sich dann zu ihren Einkaufstüten. Was blieb ihm von diesem Tag ohne das lange Haar und ohne diese Augen? Er starrte zur Tür. Da war sie. Sie wandte sich ihm zu, zumindest schien es ihm so.

Ihr Haar hatte durch die milchigen Scheiben der Tür einen Spiegel aus Licht. Die braune Jacke lag auf ihrem Schoß und das Buch stak in einem Netz an der Seite. Sie war bis zur Schwelle gerollt und verhielt nun, beide Hände leicht an die großen Räder angelegt.

Kälte kroch ihm über den Nacken. Noch stand sie an der Tür, der Kellner kam, um sie ihr aufzuhalten. Er konnte doch jetzt nicht einfach sitzen bleiben und überrascht aussehen.

Hastig erhob er sich, auf seinem endlosen Weg zu den Toiletten gedeckt von immer mehr Sitzenden. „Ich bin zu alt", dachte er. „Ich bin Rentner. Ich muss endlich meinen Wagen holen und nach Hause fahren."

Er wusch seine Hände, trocknete sie ab, öffnete zögernd die Tür zum Gastraum. Der Platz an der Tür war leer, nur die Sonne malte Lichtflecken auf den Boden. Da lief er los. Der Kellner war schneller, trat ihm in den Weg.

„Erst zahlen!"

„Ich muss los!"

„Zwei Euro zehn."

„Wo ist sie hin?"

Draußen war es warm. Die Kastanien blühten. Sie war schon weit gekommen. Er rannte. Sein Bauch schaukelte unangenehm bei jedem Schritt. Die Leute blieben stehen und sahen ihm nach.

Sie hörte sein Keuchen. Sie war heller und lichtgrauer, als er sie in Erinnerung hatte. Ihre Augen ruhten auf seinem Gesicht.

„Habe ich etwas vergessen?"

„Ja", sagte er, schwer atmend und dann, es sollte scherzhaft klingen, „mich."

Sie sah ihn an, durchaus freundlich, wie ihm schien. „Sie kommen schnell aus der Puste."

Seine Beine verloren plötzlich an Festigkeit. Immerhin war er schon Fünfundsechzig. Er setzte sich auf den Boden, lehnte sich an eines der Räder. „Nur für einen Augenblick", sagte er. „Bänke gibt es hier ja nicht."

Der Schwindel ließ nach. Es war albern, in korrekter Kleidung auf dem Boden zu sitzen, ein lächerlicher Ausrutscher schon am ersten Tag seiner neuen Welt, allein, ohne Aufgaben und Termine.

Sie sah ihm zu, wie er schwerfällig vom Boden aufstand. „Hätte ich mich jetzt am Rollstuhl hochgezogen", dachte er, „wäre die Peinlichkeit vollkommen gewesen."

Er klopfte sich die Hose sauber. „Ich bin Rentner. Heute ist mein erster Tag."

Nun lachte sie doch. „So, wie Sie gerannt sind, hätte das leicht Ihr letzter Tag sein können."

Alles an ihr war für ihn hell, ihre Augen, ihr Haar, ihre Schultern, ihre Arme. Er wurde ruhiger, aber nicht ruhig, eher ratlos.

„Müssen Sie noch weit fahren?"

„Keine zweihundert Meter."

„Wäre es Ihnen peinlich, wenn ich Sie ein wenig schieben würde, nur so, meine ich."

„Wenn Sie sich nicht aufstützen."

Schweigend machten sie sich auf den Weg. Sie war so leicht zu schieben wie eine Feder. Er sagte es ihr. Sie lächelte und sah ihn nicht an dabei. „Bestimmt hochwertige Kugellager", ergänzte er, nur um etwas zu sagen, denn ihm wollte kein guter Satz einfallen, der jetzt passend wäre.

An einer niedrigen Buchenhecke sagte sie: „Hier ist es." Er schob sie noch bis zum Gartentor. „Mein Wagen steht auf dem Firmenparkplatz, gleich hinter der Kastanienallee."

„Sie arbeiten hier, aber wir haben uns nie getroffen."

„Ich arbeite ja nicht mehr."

„Kommen Sie manchmal in das Café?"

Er zögerte. „Ich wohne ganz in der Nähe."

Sie schwieg. Dann sah sie auf ihre Hände und sagte: „Warum haben Sie Ihren Wagen dabei, wenn Sie hier wohnen?"

Er musste erst überlegen, so weit war der Vormittag schon fern von ihm. „Wegen der Abschiedsgeschenke", sagte er schließlich, „auch meine Jacke ist da drin."

Sie gab ihm die Hand. Sie lächelten beide. Sie fuhr den Gartenweg zum Haus, suchte in ihrer Tasche nach dem Schlüssel. Langsam trottete er zum Parkplatz. Hinter den Fenstern im ersten Stock tagten die Abteilungsleiter. Er gehörte nicht mehr dazu. Die Luft war warm, und die Kastanien blühten.

Morgen würde er wiederkommen. „Warum nicht?", sagte er laut zu sich selbst. „Warum auch nicht? Ja, warum eigentlich nicht?"

Das sonnenlose Wetter ging in den dritten Monat mit Glatteis, Kälte und Sturm, später kam Regen hinzu, wochenlang. An Johanni trennte sie sich von ihm. Und gerade diese Tür fiel nicht ins Schloss. Sie schob sich zusammen. Sie saugte sich fest und verschmolz mit der Wand.

Als sie sich wiedersahen, ungeplant, waren sie in einem anderen Land, und es war fast schon Herbst. Sie saß auf einer Terrasse am Thuner See, vor sich ein Glas Tee und ein Buch. Er kam von Spiez, wollte einfach nur in der Sonne sitzen und auf den See schauen.

Weil sie ihn ebenfalls bemerkt hatte und lächelte, hob er kurz die Hand zum Gruß. Die Bedienung bezog es auf sich und kam, seine Bestellung aufzunehmen.

Er sah den See, die Berge, die Menschen und Boote. Er sah auch ihr helles Haar und war froh, als der Kaffee kam.

Zwei Frauen fragten, ob an seinem Tisch noch Platz für sie sei. Dabei bemerkte er, dass sie nicht mehr da war.

Der Stuhl neben ihm wurde bewegt und sie rollte in die Lücke. Eine der Frauen sprang hinzu und half ihr.

„Hallo", sagte sie.

Er tat Milch in den Kaffee, nur um den Löffel nehmen und umrühren und dabei in die Tasse sehen zu können.

„Hallo."

„Du nimmst Milch?", fragte sie.

„Ja. Neuerdings." Genau genommen seit gerade jetzt eben.

„Ich bin wieder allein."

„Das tut mir leid."

Die Worte zogen sich hin. Er nahm noch einmal Milch und rührte.

„Er war nicht wie du."

Er rührte und rührte. Die beiden Frauen bemühten sich, über den See zu schauen.

Er wusste nicht, ob sie ihn ansah. Ihr Rollstuhl bewegte sich. „Mach's gut", sagte sie und fuhr langsam nach hinten in den Gang zwischen den Tischen.

„Du auch", sagte er und nahm den Löffel aus dem Kaffee. Er sah ihr nicht nach. Als er es schließlich nicht mehr aushielt und aufsprang, war sie verschwunden. Wie beim ersten Mal.

„Nun machen Sie schon", sagte eine der beiden Frauen an seinem Tisch, „sie ist gerade erst um die Ecke."

„Ja, laufen Sie endlich los! Ihren Kaffee zahlen wir", sagte die andere.

Ausklang

Manchmal findet man sein Leben, ohne es
gesucht zu haben

Als das Blatt nach einer kalten Herbstnacht bemerkte,
dass es keine Verbindung mehr zum Baum hatte, da
schwieg es aus Angst, anders zu sein als die Blätter
ringsum.

Doch an den folgenden Tagen wurde es gelb, rot und
braun, und alle konnten es sehen. Wind kam auf, und
hilflos trieb das Blatt zur Erde, genau vor einen Igel. Das
Blatt hatte den Igel bisher nur von oben gesehen, wo es
für ihn unerreichbar war. Deshalb meinte es, sich
entschuldigen und erklären zu müssen, und sagte:
„Eigentlich gehöre ich dort oben hin, wo das Laub am
dichtesten ist.“

Der Igel erwiderte: „Ich sehe nur, dass du hier unten
meine Nahrung bedeckst wie tausend deinesgleichen,
die neben dir liegen, welk und spröde. Wie solltest du
jemals leuchtend grün dort oben gewesen sein?“

Das Blatt sah hinauf in den Baum, wo die anderen
Blätter unbesorgt rauschten, und konnte es selbst nicht
mehr glauben.

Als es jedoch so auf dem Boden lag und den Hang
hinunterschaute, spürte es unvermutet ein wohliges
Behagen im Licht des Herbstes. Staunend verfolgte es
den hohen Zug der Wolkenberge, den es inmitten der
Krone des Baumes nie zuvor gesehen hatte. Dass es so
Schönes gab!

In diese neuen Eindrücke versunken bemerkte es nicht,
dass inzwischen immer mehr Blätter vom Baum keine

Nahrung und keinen Halt mehr bekommen hatten und zur Erde hinabgesunken waren.

Es bemerkte auch nicht, dass es mit seinem welken Leib den Boden wärmte, in dem das frische Grün des kommenden Frühlings schon bereit war.

Eines Tages kam der Igel und schob das Blatt mit den anderen Blättern ringsum zu einem kleinen Haufen und legte sich unter ihnen schlafen.

Im Fallen des ersten Schnees wurde die Zeit langsamer und langsamer. Schließlich stand sie still.

Von Klaus Landahl sind bei Random House/ TWENTYSIX bereits erschienen:

Der Ruf des Lebens hört niemals auf

Politisch, menschlich: Das ist kein Widerspruch, sondern der Spannungsbogen, in dem sich die Protagonisten von Klaus Landahls Geschichten bewegen: Der Mensch – im Getriebe der Zeit, unter Zwängen, in Abhängigkeiten – will sein Ich verteidigen, seine Würde bewahren, sein Leben selbst bestimmen und gestalten. Gerade in Zeiten großer und größter Konfrontation des Einzelnen mit Anforderungen und Ansprüchen an Leistungen im Beruf und Anpassung an gesellschaftliche Normen wehren sich Menschen in diesen Geschichten, zeigen Mut und Profil, suchen eigene Wege, um ihre Individualität zu schützen. Dafür ist nicht selten ein hoher Preis zu zahlen, manchmal aber auch ein wunderbares Erleben der Lohn. Die Geschichten sind teils real, teils fiktional, und nicht selten springen sie von Ebene zu Ebene oder vermischen sich ineinander – ohne den Leser zu verwirren, der schnell erkennt, dass alles, was vorstellbar ist, wirklich sein kann. Mein Fazit: Diese lebensklugen Geschichten sind unbedingt lesenswert!

Joachim Frank, Autor, bei Amazon

„Der Ruf des Lebens hört niemals auf"
Taschenbuch, 144 Seiten
1. Auflage 2018
ISBN: 978-3-7407-3574-6
Preis: 7,00 Euro
Auch als E-Book erhältlich

Rattenwette

Eine Rezension von Joachim Frank

Im Untertitel heißt es: *Roman über das Paradies, den Sinn des Lebens und die Zeit zwischen Nacht und Morgen*

Dort könnte auch stehen: *Vertreibung aus dem oder ins Paradies*, denn Protagonist Wolf, ein Ingenieur und Entwickler künstlicher Menschen, ist nach der nicht näher definierten Vernichtung seiner Welt (nämlich der unseren) in eine imaginär-karibische vertrieben oder – ganz wie man will – gerettet worden.

Der Verlust seiner ihm so gut bekannten Welt schmerzt ihn, aber die gelassen-liebevolle Behandlung von Maria und Rubi in dieser neuen, materiell schlichten bis ärmlichen Welt lässt in ihm nach und nach die Bereitschaft wachsen, sich im Dialog mit Oki Hoowalewale – der ist eine Art greises Oberhaupt auf der Insel – auf einen Diskurs einzulassen, der sein bisheriges Denken, und damit sein Selbstverständnis, zunächst infrage stellt und dann ins Wanken bringt.

Der Autor Klaus Landahl verwendet in seinem Roman eine sehr alte und gleichzeitig hochmoderne Methode, um seinem traurigen Helden zum Erkenntnisgewinn zu verhelfen. Ähnlich dem Prinzip des „Sokratischen Dialogs" stellt Oki Hoowalewale Fragen und formuliert Ansichten, die bei seinem Gesprächspartner Wolf allmählich Einsichten und Erkenntnisse bewirken, die ihm bisher verborgen geblieben waren oder über die er bisher entweder nie nachgedacht hatte oder die im Alltag seines vorherigen Lebens verschüttet worden waren.

Frei nach Sokrates, der gesagt haben soll: „Lernen besteht in einem Erinnern von Informationen, die bereits seit Generationen in der Seele des Menschen wohnen", gelangt Wolf durch die Gespräche mit Oki Hoowalewale, dessen Credo lautet: *Mir gehört nichts, deshalb besitze ich alles. Ich halte nichts fest, deshalb bin ich frei* zu einer völlig neuen und zugleich uralten Sicht der Dinge.

Ob allerdings für Wolf die Vertreibung aus seiner einstigen Welt zur Vertreibung ins Paradies seines neuen Lebens wird, mögen die Leser ebenso selbst beantworten wie die Frage, ob es sich bei Klaus Landahls Roman um eine Utopie oder eine Dystopie handelt.

<u>Fazit:</u> Ein raffiniert komponierter Roman, der jede Menge Denkansätze bietet, um das Leben in „unserer" Welt zu reflektieren. Unbedingt zu empfehlen!

„Rattenwette" – Roman über das Paradies, den Sinn des Lebens und die Zeit zwischen Nacht und Morgen
Hardcover, 188 Seiten
1. Auflage 2019
ISBN: 978-3-7407-5246-0
Preis: 16,99 Euro
Auch als E-Book erhältlich

Unsere Demokratie auf Geisterfahrt?

Von Mutbürgern und Wutbürgern

Der Autor Klaus Landahl aus Halstenbek nimmt sich diesmal das Demokratieverständnis ins Visier. Und spart nicht mit bissigen Statements. „Das politische Personal kann aus einem dicken Hundehaufen kein Gold machen. Andersherum fällt es ihm wesentlich leichter." Das sind die Sätze, die Autor Landahl auf 96 Seiten atemlos wie ein funkelndes Feuerwerk aneinanderreiht. Mal mit erhobenem Zeigefinger, mal mit Witz und Ironie versetzt. Kurzweilig und lehrreich ist das Ganze. Empfehlenswert.

Dr. Dietmar Vogel im Pinneberger Tageblatt

Ich würde vorschlagen, das Buch im Schulunterricht (spätestens in der Oberstufe an Gymnasien) zur Pflichtlektüre zu machen. Jede/r Politiker/in müsste gezwungen werden, es zu lesen!

Dörte El Sarise, Autorin

„Unsere Demokratie auf Geisterfahrt?"
Unmaßgebliche Ansichten eines maßgeblich Betroffenen
Hardcover, 89 Seiten
1. Auflage 2019
ISBN 978-3-7407-6244-5
Preis: 15,00 Euro
Auch als E-Book erhältlich